Über dieses Buch

‹Südkurier› ist Saint-Exupérys erster Roman, der 1929 erschien. Er schrieb ihn in Fort Juby, mitten im Aufstandsgebiet des Rio de Oro, wo er am Aufbau der Flugstrecke Toulouse–Casablanca beteiligt war.
Saint-Exupéry berichtet vom letzten Flug seines Freundes, des Fliegers Jacques Bernis, erzählt von dessen Liebe zu Genoveva und beschwört die gefahrvoll-berauschende Welt seiner eigenen frühen Flugerlebnisse wie später in seinen Welterfolgen ‹Nachtflug› und ‹Wind, Sand und Sterne› – die Schönheit der Wolkengebirge und des nächtlichen Himmels, die Großartigkeit des Kosmos, in der das Gefühl von Verlorenheit und Einsamkeit des Menschen überstark wird. Diese eigenartige und Generationen junger Menschen immer wieder faszinierende Mischung aus jungenhaftem Stolz, in gemeinsamen Gefahren erprobter Kameradschaft, männlicher Pflichterfüllung und Sehnsucht nach Seßhaftigkeit, Heimat und Liebe erfüllte Saint-Exupérys ganzes Leben, bis er im Juli 1944 bei einem Beobachtungsflug über dem Mittelmeer den Tod fand.
Der Roman wird ergänzt durch zum Teil aus der gleichen Zeit stammende frühe Aufzeichnungen und spannende Reportagen.

Der Autor

Antoine de Saint-Exupéry wurde am 29. Juni 1900 in Lyon geboren. Er entstammt einem alten französischen Adelsgeschlecht, wurde in Jesuitenschulen erzogen und trat mit 21 Jahren in den zivilen Luftdienst ein. Er flog auf Verkehrslinien in drei Erdteilen. 1939 stellte er einen Rekord im Überfliegen des Atlantik auf. Im Zweiten Weltkrieg emigrierte er als Fliegerhauptmann nach der Besetzung Frankreichs in die USA, kehrte aber mit der Invasionsarmee 1944 nach Frankreich zurück. Am 31. Juli 1944 wurde er bei einem Aufklärungsflug über dem Mittelmeer abgeschossen. Seine Bücher, in deren Mittelpunkt meist das Erlebnis des Fliegens steht, wurden Welterfolge.
Werke u. a.: ›Nachtflug‹ (1931; Fischer Taschenbuch Bd. 322), ›Wind, Sand und Sterne‹ (1939), ›Flug nach Arras‹ (1942), ›Der kleine Prinz‹ (1943), ›Die Stadt in der Wüste‹ (1948).

ANTOINE DE SAINT-EXUPÉRY

SÜDKURIER

FRÜHE SCHRIFTEN

FISCHER TASCHENBUCH VERLAG

Der Roman ›Südkurier‹
wurde aus dem Französischen übersetzt von Paul Graf Thun-Hohenstein

Die ›Frühen Schriften‹ wurden übersetzt von Oswalt von Nostiz

Fischer Taschenbuch Verlag
1.–50. Tausend Oktober 1958
51.–62. Tausend August 1960
Neuausgabe:
63.–77. Tausend Mai 1980
Ungekürzte Ausgabe

Umschlagentwurf: Jan Buchholz/Reni Hinsch

Fischer Taschenbuch Verlag GmbH, Frankfurt am Main
Lizenzausgabe mit freundlicher Genehmigung der
Karl Rauch Verlag GmbH, Düsseldorf
Die französischen Originalausgaben erschienen unter
den Titeln:

Gesamtherstellung: Hanseatische Druckanstalt GmbH, Hamburg
Printed in Germany
580-ISBN 3-596-22228-1

INHALT

SÜDKURIER

ERSTER TEIL

I

Radiomeldung. 6,10 h. Von Toulouse an alle Stationen: Südkurier Frankreich-Amerika von Toulouse ab 5,45 h stop

Ein Himmel, klar wie Wasser, wusch die Sterne rein und ließ sie hell aufleuchten. Dann war es Nacht. Düne um Düne entfaltete sich die Sahara unter dem Schein des Mondes. Sein Lampenlicht, das keinen Gegenstand bloßstellt, aber alle richtig einordnet, umspielte unsere Stirnen und breitete einen zarten Schleier über alle Dinge. Unter unseren lautlosen Schritten dehnte sich die Pracht des dichtesten Sandes. Und wir zogen unbedeckten Hauptes dahin, befreit vom Druck der Sonnenstrahlen. Die Nacht: welche Heimstatt ...

Durften wir aber dem Frieden trauen? Die Passatwinde glitten ohne Unterlaß gegen Süden. Sie strichen über den Dünensand, daß es raschelte wie Seide. Das waren keine europäischen Winde, die sich drehten, die bisweilen aussetzten; nein, sie lasteten auf uns, unaufhörlich wie der Luftstrom eines Schnellzugs. Besonders nachts wehten sie uns oft so hart an, daß wir uns, nach Norden gewandt, gegen sie stemmen mußten und doch das Gefühl hatten, von ihnen fortgetragen zu werden, einem unbekannten Ziele zu. Welche Hast, welche Unruhe!

Die Sonne ging auf und brachte den neuen Tag. Die Mauren rührten sich nur wenig. Die sich bis zum spanischen Fort heranwagten, fuchtelten mit den Armen und schwangen ihre Gewehre wie ein Spielzeug. Das war unwirklich, wie auf dem Theater: die wilden, nicht unterjochten Stämme hatten nichts Geheimnisvolles mehr und wirkten wie Statisten.

Da lebten wir, völlig aufeinander angewiesen, und hatten nichts anderes vor uns als das eigene Spiegelbild im engsten Rahmen. Deshalb fühlten wir uns auch nicht in die Wüste verbannt: wir hätten heimkehren müssen, um uns dieses Fernsein so recht vorzustellen und die Weite ganz zu erfassen.

Wir gingen nie weiter als fünfhundert Meter. Dort begann das Heidenland. So waren wir Gefangene der Mauren und auch unsere eigenen Gefangenen. Nicht anders saßen unsere nächsten Nachbarn, in Cisneros, in Port-Étienne, siebenhundert und tausend Kilometer von uns entfernt, in der Sahara gefangen wie Erz in einer ungeheuren Masse tauben Gesteins. Auch sie spazierten um ihr Fort herum. Wir kannten sie, wußten ihre Spitznamen, ihre Eigenheiten, doch zwischen uns lagerte dasselbe undurchdringliche Schweigen wie zwischen bewohnten Planeten.

Heute morgen aber begann die Welt sich für uns zu rühren, und endlich reichte uns der Funker ein Telegramm – zwei in den Sand gerammte Masten verbanden uns einmal in der Woche mit dieser Welt:

Kurier Frankreich–Amerika von Toulouse abgeflogen 5,45 h stop. Aus Alicante 11,10 h.

Toulouse sprach, Toulouse, die Kopfstation. Ein ferner Gott.

In den nächsten zehn Minuten erhielten wir die Nachricht auch aus Barcelona, aus Casablanca, aus Agadir, und sie lief weiter nach Dakar. Über eine Strecke von fünftausend Kilometern hin waren alle Flughäfen lebendig geworden. Um sechs Uhr abends neue Nachrichten, man teilte uns mit:

Kurier wird 21 h Agadir landen, 21,30 h nach Cabo Juby weiterfahren, dort mit Michelin-Bombe niedergehen stop. Cabo Juby wird übliche Lichtzeichen vorbereiten stop. Befehl: in Kontakt mit Agadir bleiben.
Gezeichnet: Toulouse

So verfolgten wir in der tiefsten Einsamkeit der Sahara, vom Observatorium von Cabo Juby aus, einen fernen Kometen.
Gegen sechs Uhr abends regte sich auch der Süden:

Aus Dakar für Port-Étienne, Cisneros, Juby: mitteilt dringend Nachrichten Kurier.
Aus Juby für Cisneros, Port-Étienne, Dakar: keine Nachrichten seit Abfahrt Alicante 11,10 h.

Irgendwo braust ein Motor. Von Toulouse bis zum Senegal ist man bemüht, ihn zu hören.

II

Toulouse 5,30 h.
Das Flughafenauto hält hart vor dem Eingang der Halle, das Tor steht weit offen, es ist Nacht und es regnet. Das fünfhundertkerzige Licht der Bogenlampen macht die Dinge kantig und bloß, alles steht klar da wie in einer hellen Auslage. Unter diesem Lichtgewölbe hallt das gesprochene Wort wider, es bleibt haften und lastet in der Stille.
Die Blechteile glänzen, der Motor zeigt keine Ölspuren. Das Flugzeug sieht aus wie neu. Das Ganze gleichsam ein empfindliches Uhrwerk, an das die Mechaniker zart, mit

Erfinderhänden, rührten. Jetzt treten sie beiseite: es geht genau. »Schnell, meine Herren, schnell . . .«
Sack um Sack versinkt die Kurierpost im Innern des Apparats. Ein rasches Nachzählen: Buenos Aires . . . Natal . . . Dakar . . . Casa . . . Dakar . . . 39 Säcke. Stimmt's?
»Es stimmt.«
Der Pilot zieht sich an. Wolleibchen, Halstuch, Lederanzug, gefütterte Stiefel. Sein Körper, so umschlossen, wird gewichtig. Man ruft ihm zu: »Schnell! Es ist Zeit . . .« Die Hände vollbepackt mit Uhr, Höhenmesser und Kartentasche, daß die Finger starr werden in den dicken Handschuhen, klettert er schwer und ungelenk auf den Führersitz. Ein Taucher, der nicht in seinem Element ist. Endlich sitzt er, da wird alles leicht und recht.
Ein Mechaniker steigt hinter ihm ein:
»Sechshundertdreißig Kilogramm.«
»Gut. Passagiere?«
»Drei.«
Ohne sie zu sehen, nimmt er ihre Personalien zur Kenntnis. Der Diensthabende wendet sich zu den Arbeitern:
»Wer hat hier die Haube angeschraubt?«
»Ich.«
»Zwanzig Franken Strafe.«
Der Diensthabende kontrolliert ein letztes Mal: alles in Ordnung; jede Bewegung abgezirkelt, wie beim Ballett. Das Flugzeug steht in der Halle an seinem richtigen Platz und wird ebenso richtig seinen Weg in den Nachthimmel nehmen. Der Flug ist genauso exakt berechnet wie der Stapellauf eines Schiffs. Diese Schraube, die fehlt: ein augenfälliges Versehen. Fünfhundertkerzige Bogenlampen, scharfe Blicke rundum, harte Energie, auf daß dieser Flug von Station zu Station bis Buenos Aires oder Santiago ein ballistischer Effekt sei und nicht ein Werk

des Zufalls. Auf daß, trotz Sturm, Nebelschwaden, Wirbelwind, trotz der tausendfältigen Tücken der Ventilfeder, des Kipphebels und des ganzen Materials, dennoch alles, was da läuft: Expreß, Schnellzug, Dampfer und Frachter, erreicht, überholt, ja weit überflügelt werde! Und eine Rekordzeit für die Landung in Buenos Aires oder in Sanatiago ...

»Los!«

Dem Piloten Bernis wird ein Blatt hineingereicht. Er liest:

Perpignan meldet klaren Himmel, keinen Wind. Barcelona: Sturm. Alicante ...

Toulouse 5,45 h.

Die mächtigen Räder drücken die Bremsklötze nieder. Der Propeller macht Wind, daß das Gras bis auf zwanzig Meter hin wegweht. Mit einer Handbewegung entfesselt oder beruhigt Bernis diesen Sturm.

Im Auf und Ab wird der Lärm immer dröhnender und ist bald wie etwas Festes, Dichtes, das alles Körperliche umfängt. Wenn der Pilot fühlt, wie ihm daraus eine Fülle, eine Sättigung steigt, denkt er: jetzt ist's recht. Dann schaut er nach vorn, auf die schwarze Haube, die sich gegen den hellwerdenden Himmel stemmt, wie ein Geschütz. Um die Luftschraube erzittert die Landschaft im Morgengrauen.

Noch rollt das Flugzeug, langsam, bei Gegenwind; da zieht der Pilot den Gashebel. Im Bann des Propellers stößt der Apparat in die Höhe. Die ersten Sprünge wiegen sich in der elastischen Luft, dann scheint der Erdboden sich zu spannen, er leuchtet unter den Rädern auf wie ein Treibriemen, der in Gang kommt. Der Pilot prüft die Luft, die anfangs dünn ist, dann fließend wird, endlich fest genug, er stützt sich an ihr empor und steigt.

Die Bäume, die zunächst die Fahrt begleiteten, geben den Horizont frei, dann verschwinden sie. In zweihundert Meter Höhe kann man sich noch hinabbeugen wie zu einer Landschaft, die ein Kind aufgebaut hat, wo die Bäume geradestehen, bemalte Häuser dazwischen, und auch der Wald hat etwas Künstliches an sich, wie ein grüner Pelz: bewohnte Erde...

Bernis sucht die beste Rückenhaltung, die richtige Ellbogenlage, die er braucht, um sich wohl zu fühlen. Hinter ihm bezeichnen die tiefliegenden Dünste über Toulouse die Stelle, wo die Bahnhofshallen liegen. Immer weniger bremst er seinen Apparat, der steigen will, und gibt etwas von der Kraft frei, die er mit der Hand zügelt. Jede Bewegung seines Handgelenks befreit eine Kraftwelle, die ihn mit emporhebt und in seinem Körper höher und höher flutet.

In fünf Stunden Alicante, heute abend Afrika. Bernis kommt ins Träumen. Er ist zufrieden: »Ich habe alles in Ordnung gebracht.« Gestern hat er Paris mit dem Nachtexpreß verlassen – es war ein sonderbarer Urlaub gewesen, von dem ihm nur die dumpfe Erinnerung an etwas Dunkles, Unruhiges bleibt. Später wird er vielleicht unglücklich sein, für den Augenblick aber läßt er alles hinter sich, als liefen die Dinge ganz ohne ihn weiter. Heute, jetzt meint er, mit dem jungen Tag da draußen zu werden und zu wachsen, meint, mithelfen zu müssen – o Morgenstunde! –, diesen Tag aufzubauen. Er denkt: Ich bin nichts als ein Arbeiter, ich habe den Kurier für Afrika zu besorgen. Fängt doch an jedem Morgen für den Arbeiter, der an dieser Welt zu bauen beginnt, die Welt von neuem an.

»Ich habe alles in Ordnung gebracht...« Der letzte Abend in der Wohnung. Zeitungsblätter werden um die Bücherhaufen geschichtet, Briefe werden verbrannt, andere Briefe geordnet, die Möbel bekommen ihre Überzüge. Jedes Ding wird ans Licht geholt, aus seiner Umgebung gerissen, irgendwohin gestellt. Und dieser Aufruhr im Herzen, der doch keinen Sinn mehr hat!

Bernis hat sich für den nächsten Tag vorbereitet wie für eine Reise, hat sich gleichsam eingeschifft, um den andern Morgen zu erleben, als wär's Amerika. So vieles war noch nicht zu Ende gebracht und kettete ihn noch an sich selber. Und auf einmal – war er frei. Er erschrickt fast davor, daß er so verfügungsbereit, so sterblich dasteht.

Carcassonne, mit seinem Notlandeplatz, verschwindet tief unter ihm. Wieder eine Welt, die so wohl geordnet ist. – Dreitausend Meter! – Geordnet wie das Kinderspielzeug in der Schachtel. Häuser, Kanäle, Straßen, alles Spielzeug der Menschen. Eingeteilte Welt, Viereck um Viereck, jedes Feld grenzt an seinen Rain, jeder Garten hat seine Mauer. Carcassonne, wo jede Krämerin das Leben ihrer Großmutter wiederlebt. Armseliges Glück, kleingepflastert. Alles Spielereien des Menschenvolks, nett aufgehoben im Glaskasten.

Ja, diese Welt im Glaskasten, viel zu sehr zur Schau gestellt, zu ordentlich ausgebreitet, die Städte abgezirkelt auf der offenen Karte; die Erde entrollt sich langsam und bringt ihm alles so pünktlich dar wie Flut und Ebbe. Es fällt ihm ein, daß er allein ist. Auf dem Zifferblatt des Höhenmessers spielt die Sonne. Eine helle, kalte Sonne. Jetzt ein Hebelgriff, das Seitensteuer wirkt: die ganze Landschaft verrinnt. Das Licht wird plötzlich schimmernd, der Erdboden scheint zu leuchten: alles, was den Zauber, den Duft, die Weichheit der lebendigen Dinge ausmacht, ist weggeweht.

Und doch – unter dem Lederrock ist Fleisch, warm und – vergänglich, Bernis! In den dicken Handschuhen leben Hände, wunderbare Hände – weißt du, Genoveva,

Hände, die es verstanden, mit dem Rücken ihrer Finger ganz leicht über deine Wangen zu gleiten ...
Da ist Spanien.

III

Jacques Bernis, heute wirst du über Spanien fliegen und dabei wohlgemut sein wie ein Hausbesitzer! Was sich deinen Blicken darbieten wird, eins ums andere, das kennst du schon, und mit Seelenruhe wirst du dich zwischen den Gewittern durchsteuern. Barcelona, Valencia, Gibraltar – an dich herangebracht und wieder fortgetragen. So ist's recht. Du rollst die Karte auf, die vor dir liegt, und was überwunden ist, mag sich rückwärts wieder aufhäufen. Aber ich entsinne mich deiner ersten Schritte und meiner letzten Ratschläge, damals, als es deinen ersten Postflug galt. Am andern Morgen schon solltest du mit deinen Armen forttragen, was ein Volk fühlt und denkt. Mit deinen schwachen Armen. Forttragen inmitten von tausend Gefahren, wie man einen Schatz unter dem Mantel davonträgt. Ein kostbarer Kurier, hatte man dir eingeschärft, ein Kurier, wertvoller als das Leben. Und so heikel. Ein Schatz, den ein falscher Griff in Flammen aufgehen lassen oder in alle Winde verstreuen kann. Ich erinnere mich an diesen Abend vor dem Kampf:
»Und dann?«
»Dann müßtest du trachten, den Strand von Peniscola zu erreichen. Aber Vorsicht vor den Fischerbarken!«
»Und weiter?«
»Bis Valencia wirst du immer Notlandeplätze finden; ich zeichne sie mit Rotstift an. Im schlimmsten Falle mußt du auf ausgetrocknete Rios niedergehen.«
Bernis sah sich wieder im Lehrkurs, beim Schein des grünen Lampenschirms, vor den ausgebreiteten Land-

karten. Aber heute wußte ihm der Lehrer von jedem Stück Erdboden ein lebensvolles Geheimnis zu enthüllen. Die fremden Länder gaben jetzt nicht mehr tote Ziffern kund, sondern wiesen ihm wirkliche Felder, und die Blumen blühten – nur freilich, dieser Baum ist zu meiden – und hier war ein schöner Badestrand mit feinem Sand – nur, wenn es dunkelt, hat man sich vor den Fischern zu hüten. Das eine, Jacques Bernis, hast du ja schon verstanden, unsereins wird niemals Granada kennenlernen oder Almeria oder die Alhambra und die Moscheen, aber einen Bach, einen Orangenbaum und all das, was sie an leisen Heimlichkeiten bergen.

»Hör zu: wenn es hier schönes Wetter gibt, so steuerst du immer geradeaus! Wenn das Wetter aber schlecht ist, und du tief fliegst, so halte dich mehr links und biege in dieses Tal ein!«

»Ja, ich biege in dieses Tal.«

»Und über diesen Paß hier kommst du ans Meer.«

»Ich komme ans Meer über diesen Paß.«

»Und gib acht auf deinen Motor: da ist eine senkrecht ansteigende Steilküste mit Felsen.«

»Und wenn der Motor mich sitzenläßt?«

»Dann hilf dir, wie du kannst!«

Bernis mußte lächeln: jeder junge Pilot ist ein Romantiker. Ein Felsstück kann herabstürzen und ihn erschlagen; ein Kind, das läuft, kann von einer Hand, die es zufällig berührt, zu Fall gebracht werden.

»Nein, nein, mein Lieber, man hilft sich schon.«

Bernis war stolz auf diese Lehre: in den Kindheitstagen hatte ihm die Äneis kein Geheimnis verraten, das vor dem Tode schützt.

Der Finger, den der Professor auf die Karte von Spanien legte, war ja nicht die Hand eines Rutengängers, offenbarte keinen Schatz und deckte keine Gefahr auf, und von

der Hirtin, die da unten auf der Wiese hütet, wußte er nichts.
Heute, in der Erinnerung, ist das Licht der stillen Lampe so mild, als wäre es mit Öl gespeist, demselben Öl, das die Wellen des Meeres besänftigt. Draußen fegte der Wind. Dieses Zimmer war wirklich eine kleine Rettungsinsel in der weiten Welt, wie eine Matrosenherberge.
»Ein Gläschen Portwein?«
»Ja, gern.«
Pilotenzimmer, du ungewisse Heimstatt, die immer wieder neu aufgeschlagen war! Die Gesellschaft gab am Abend bekannt: »Der Pilot X. ist nach dem Senegal bestimmt... nach Amerika...« Da hieß es, noch in der Nacht, sich losmachen, die Kisten zunageln, das Zimmer vom eigenen Ich entblößen, samt den Photos und den Büchern, und es endlich verlassen – so leergeräumt, daß auch kein Gespenst darin bleiben mochte. Manchmal auch galt es in dieser Nacht, zwei Arme weich zu biegen und die Kräfte eines Mädchens zu erschöpfen, nicht die Kleine gefügig zu machen (sie wehren sich doch alle), aber sie zu besitzen und, so gegen drei Uhr morgens, sie sanft in Schlummer zu bringen, als ein ergebenes Ding, nicht ergeben in die Trennung, aber versöhnt mit dem Abschiedsschmerz, und endlich sich sagen zu können: sie nimmt das Leid auf sich, sie weint.

Jacques Bernis, was hast du eigentlich gelernt, hernach, als Weltenbummler? Fliegen? Ach, man kommt langsam vorwärts, wenn man immer weiterbohrt an seinem Loch im harten Kristall! Die Städte werden mit der Zeit einander immer ähnlicher, man muß landen, damit sie Gestalt annehmen. Und du weißt auch schon, daß all diese Reichtümer sich uns nur anbieten, um bald wieder vom Wellenschlag der Stunden weggewaschen und fortgespült zu werden. Als du aber von deinen ersten Reisen heimkehrtest, da kamst du dir als ein rechter Kerl vor und hattest den sonderbaren Wunsch, diesem Kerl einmal das Gespenst aus der Bubenzeit gegenüberzustellen: so hast du mich schon in den Tagen deines ersten Urlaubs nach unserem Schulgebäude geschleppt. Und hier, in der Sahara, wo ich dich auf deinem Flug erwarte, denke ich trauernd zurück an diesen Besuch im Hause unserer Jugend. Ein weißes Haus, von Kiefern umstanden, ein Fenster wird hell, dann wieder eins. Und du sagtest: »Hier ist das Studierzimmer, da haben wir unsere ersten Verse gedichtet.«

Wir waren weit hergekommen. Die schweren Mäntel, die wir trugen, schlossen uns gleichsam von draußen ab, und unsere Weltfahrerherzen hielten mittendrin Wache. Wir waren es gewohnt, in fremde Städte zu kommen, schweigsam, mit Handschuhen an den Händen, wohlgeborgen. Wir schritten durch flutende Menschenmengen, ohne sie zu berühren. Die weiße Flanellhose, das Tennishemd holten wir nur in zahmen Städten hervor, in Casablanca, in Dakar. In Tanger aber gingen wir barhaupt: in dieser verschlafenen kleinen Stadt war kein Aufputz nötig.

Jetzt kehrten wir zurück, gefestigt, im Schutz einer männlich gewordenen Muskulatur. Wir hatten gekämpft, gelitten, hatten grenzenlos weite Länder durchmessen, hatten da und dort eine Frau geliebt, hin und wieder auch mit dem Tod zu würfeln gehabt, alles das eigentlich nur, um die Angst loszuwerden, die unsere Jugend beherrscht hatte, die Angst vor den Strafaufgaben und den Hausarresten, um endlich einmal ruhigen Herzens dabei zu sein, wenn am Samstagabend die Zensuren verlesen wurden.

In der Vorhalle begann es zuerst: ein Getuschel, dann ein Hin- und Herrufen, und nun liefen die Alten eilig herbei.

Da waren sie wieder, im Lampenlicht, die bekannten Gesichter mit den vergilbten Wangen, aber ihre Augen leuchteten hell, so freundlich und froh. Und schon hatten wir begriffen, daß wir ihnen eine andere Welt bedeuteten: die ehemaligen Schüler kommen ja immer festen Schrittes als solche, die Genugtuung suchen, zurück.

Sie wunderten sich offenbar auch gar nicht über meinen derben Händedruck, nicht über den geraden Blick, mit dem Jacques Bernis sie ansah, denn sie behandelten uns ohne Umschweife als Männer, ja sie liefen gar, eine Flasche alten Samosweines zu holen, von dem dazumal nie die Rede gewesen war.

Man nahm Platz zum Abendessen. Da saßen sie nun im Lichtkegel der Hängelampe eng beisammen, wie Bauern um den Ofen, und wir nahmen wahr, daß sie auch nur Menschen waren.

Sie waren schwach, denn sie zeigten sich nachsichtig, und unsere Faulheit von einst, die uns angeblich zur Lasterhaftigkeit und ins Elend hatte führen sollen, war jetzt nur mehr eine kindliche Unart, über die sie lächelten; und unseren Stolz, den sie uns einst mit so viel Eifer auszutreiben suchten, diesen Stolz rühmten sie heute, sie nannten ihn edle Gesinnung. Sogar die Philosophielehrer hatten uns Geständnisse zu machen.

Vielleicht hatte Descartes sein System nur auf eine theoretische Forderung aufgebaut. Pascal – ja Pascal war grausam. Er selbst aber, der alte Lehrer, hatte an seinem Lebensabend trotz allen Bemühens für das ewige Problem der menschlichen Freiheit noch keine Lösung gefunden. Mit allen Kräften hatte er uns gegen den Determinismus, gegen Taine, zu wappnen gesucht und sah für junge Leute, die aus der Schule ins Leben traten, keinen erbarmungsloseren Feind als Nietzsche – jetzt aber bekannte er seine sträfliche Schwäche. Sogar Nietzsche beunruhigte ihn sehr. Und wie war es mit der Realität der Materie? ... Er wußte es nicht und quälte sich ... Dann aber fragten sie uns aus. Wir waren ja aus diesem Treibhaus in den großen Sturm des Lebens hinausgetreten, nun mußten wir ihnen erzählen, wie die Luft auf dieser Erde beschaffen ist. Ob denn ein Mann, der eine Frau liebt, ihr Sklave werden muß, ein Pyrrhus, oder ihr Henker, wie Nero? Ob Afrika mit den weiten Einsamkeiten und dem blauen Himmel wirklich dem Unterricht des Geographielehrers entspricht (steckt der Vogel Strauß tatsächlich den Kopf in den Sand, um sich zu schützen?). Jacques Bernis nickte nur ein wenig mit dem Kopf, denn er wußte viel Geheimnisvolles, aber die Professoren verstanden, es ihm zu entlocken.

Alle wollten sie wissen, wie die Tat trunken macht, wie das Brausen des Motors sich anhört, und daß es uns, um glücklich zu sein, nicht mehr genüge, so wie sie an stillen Abenden die Rosenstöcke zu beschneiden. Jetzt war es an ihm, Lukrez auszulegen oder den Ecclesiasticus, und Ratschläge zu erteilen. Er lehrte sie – sie sollten es noch zu rechter Zeit erfahren –, was man an Lebensmitteln und Wasser in die Wüste mitnehmen müsse, um nicht zugrunde zu gehen, wenn das Flugzeug havariert ist. Rasch gab er ihnen noch die letzten geheimen Winke: wie der Pilot sich vor den Mauren retten kann, und die Reflexbewegungen, mit denen er dem Feuer entkommt. Und da saßen die Alten und wiegten die Köpfe, sehr beunruhigt, aber doch schon etwas zuversichtlicher geworden und ganz stolz, weil ja aus ihren Händen diese neuen Kräfte in die Welt gestiegen waren. Ihr Leben lang hatten sie Helden gepriesen, und jetzt rührten sie mit den eigenen Händen an Helden und konnten nun ruhig sterben, weil sie Helden kennengelernt hatten. Sie sprachen von Julius Cäsar, da er noch Knabe war.

Doch wir wollten sie nicht betrüben und sprachen auch von den Enttäuschungen und der Bitternis einer Ruhestellung nach erfolglosem Bemühen. Es tat uns weh, daß der Älteste unter ihnen träumerisch geworden war, und so sagten wir noch, daß die einzige Wahrheit im Leben vielleicht in der friedvollen Welt der Bücher liege. Aber die Lehrer wußten das längst: man macht trübe Erfahrungen, wenn man anderen Geschichtsunterricht erteilt.
»Weshalb seid ihr in die Heimat zurückgekommen?« Darauf gab Bernis keine Antwort. Aber die alten Professoren kannten das Menschenherz, sie hatten ein Zwinkern in den Augen und dachten an die Liebe ...

IV

Von hoch oben gesehen, scheint die Erde kalt und tot. Das Flugzeug sinkt: da bekleidet sich die Erde. Sie umhüllt sich wieder mit Wäldern; Täler und Höhen zeichnen sich ein: da atmet sie. Jetzt überfliegt die Maschine einen Berg, und die Brust eines schlafenden Riesen schwillt an bis zu ihr empor.
Nun, in nächster Nähe, beschleunigt sich der Fluß der Dinge, ein Wildbach unter einer Brücke. Unsere wohlgeordnete Welt reißt in Stücke; Bäume, Häuser, Dörfer treten hervor aus dem gradlinigen Horizonte, und sind schon nach rückwärts fortgerissen.
Die Gegend von Alicante steigt auf, kommt schaukelnd näher und ordnet sich ein, die Räder, schon ganz nahe, werden vom Erdboden angezogen wie von einem Walzwerk: schon wetzen sie sich daran ... Bernis entsteigt dem Flugzeug, die Beine sind ihm schwer. Er schließt die Augen, nur eine Sekunde lang, der Kopf schwirrt ihm noch vom Lärm des Motors und von den vielen farbigen Bildern; in seinen Gliedern liegt noch die Erschütterung

vom Gang der Maschine. Gleich darauf betritt er die Kanzlei, nimmt gemütlich Platz, mit dem Arm schiebt er das Tintenfaß und einige Bücher weg, dann nimmt er das Flugbuch 612 zur Hand.
Toulouse-Alicante: 5 Stunden 15 Minuten Flugzeit.
Er hält inne, von Müdigkeit umfangen, und träumt ein wenig. Sein Ohr vernimmt unbestimmte Geräusche, die von draußen kommen. Irgendwo wird eine Weiberstimme laut. Der Lenker des Fordwagens öffnet die Tür, entschuldigt sich und lächelt dabei. Bernis betrachtet aufmerksam die Wände, die Tür und den Chauffeur, der so groß da steht. Dann gibt es ein Gespräch, in das er zehn Minuten lang einbezogen wird, ohne es recht zu verstehen, mit Gebärden, die etwas abschließen, und anderen, die Neues einleiten: unwirkliche Vision. Aber der Baum, der draußen vor der Tür steht, ist doch schon seit dreißig Jahren da. Seit dreißig Jahren.

Motor: Nichts zu beanstanden.
Flugzeug: Neigung nach rechts.
Bernis legt die Feder weg, denkt nur: ich bin schläfrig. Und wieder folgt er dem Traum, der auf seinen Schläfen lastet.
Ambrafarbenes Licht auf dieser hellen Landschaft. Da gibt es schon geeggte Felder und Wiesen. Rechts liegt ein Dorf, links weidet eine kleine Herde, darüber blauer Himmel. Da steht ein Haus, denkt Bernis. Es kommt ihm zum Bewußtsein, daß er eben mit jäher Klarheit diese Landschaft, den Himmel, die ganze Erde erkannt hatte: sie waren richtig gebaut, wie ein Haus. Ein Familienhaus, alles stimmte, jeder Gegenstand lotrecht hingestellt. Keine Unsicherheit, keine rissige Stelle in der Einheit dieser Schau: Bernis kam sich vor wie ins Innerste dieser Landschaft versetzt. So geht es vielleicht alten Damen, die wie

ein Stückchen Ewigkeit an ihrem Salonfenster sitzen. Der Rasen ist frisch und grün, bedächtig gießt der Gärtner die Blumen. Die Damen folgen mit den Blicken den ruhigen und beruhigenden Bewegungen seines Rückens. Der Geruch von Bohnerwachs, den das geglättete Parkett ausstrahlt, ist ihnen angenehm. Eine milde Ordnung waltet im Hause: der Tag ist vorübergegangen, hat Sonnenschein gebracht und ein wenig Wind und einen kleinen Platzregen, der kaum ein paar Rosen entblätterte.

»Es ist gut, adieu.« Bernis muß weiterfliegen.

Er steuert in einen Sturm hinein, der auf das Flugzeug loshämmert wie der Maurer, der ein Haus einreißt. Das kennt man, wir kommen schon durch. Bernis hat nur mehr rudimentäre Gedanken, ihn erfüllt das einzige Bestreben: aus diesem Bergkessel herauszukommen, wo der Wind ihn hinabdrückt, wo die Regenschwaden so dicht sind, daß es finster ist, über diesen Felsrand hinwegzusetzen und das Meer zu erreichen.

Ein Stoß – am Ende irgendein Bruch! Und plötzlich hat das Flugzeug Übergewicht nach links. Bernis stemmt sich mit der einen Hand dagegen, dann mit beiden Händen, endlich mit dem ganzen Körper. »Herr Gott!« Jetzt sinkt das Flugzeug nach unten ab. Es ist aus mit Bernis. Nur ein Sekunde noch, dann wird er aus dieser trudelnden Behausung, die er kaum erst zu beherrschen gelernt hat, herausspringen – für immer. In Spiralen werden die Ebene, die Wälder, die Dörfer gleichsam zu ihm emporschwingen. Schatten der Dinge, Spiralschatten! Da liegt die ganze Schäferei, nach allen Himmelsrichtungen verstreut.

»Mir scheint, ich habe Angst gehabt.« Ein Tritt, er löst ein Kabel aus. Das Getriebe war verkeilt. Wieso? Ein Sabotageakt? Nein. Dreimal hat es versagt, ein Tritt hat die Weltordnung wiederhergestellt. Das war ein Abenteuer!

Wirklich ein Abenteuer? Nichts bleibt von dieser Sekunde als ein Geschmack auf der Zunge, wie etwas Bitteres. Ja, aber dieser Abgrund, in den er geschaut hat? Alles war nur Sinnestäuschung: Straßen, Kanäle, Häuser – Menschen – Spielzeug! . . .

Fertig. Vorbei. Nun ist der Himmel klar. Die Wetterwarte hatte es vorhergesagt: »Himmel zu einem Viertel mit Zirruswolken bedeckt.« Die Wetterwarte? Die Isobaren? Am Ende die Wolkensysteme des Professors Borjsen? Jawohl, ein Himmel wie für Volksfeste, wie für den 14. Juli. Es müßte heißen: »In Malaga ist heute Feiertag!« Jeder Bewohner hat zehntausend Quadratmeter Himmel über sich, klaren Himmel, der bis zu den Zirruswolken reicht. Und das Aquarium da unten war noch nie so groß und leuchtend. Wie daheim im Golf, an einem Regattenabend: blauer Himmel, blaues Meer, die Matrosenkragen sind blau und die Augen des Kapitäns auch. Urlaub in Freuden!

Fertig: dreißigtausend Briefe sind herübergebracht. Die Fluggesellschaft hat gut reden: der Kurier ist wertvoll, viel wertvoller als das Leben. Jawohl, Lebenselixier für dreißigtausend Verliebte . . . Geduld, ihr Liebenden! Wenn der Abend seine Lichter aufsteckt, sind wir bei euch. – Die schweren Wolken, vom Wirbelsturm wie in einen einzigen Riesenzuber zusammengepeitscht, liegen hinter Bernis. Vor ihm ein Land, von der Sonne in Glanz gehüllt; bekleidet mit dem hellen Gewand der Wiesen und der dunklen Wolle der Wälder, weiterhin schwebt der gekräuselte Schleier des Meeres.

Über Gibraltar wird es schon Nacht sein. Dann löst eine Linkskurve, gegen Tanger zu, Bernis völlig von Europa – mag es hinter ihm wie ein riesiger Eisberg zerrinnen . . .

Noch einige Städte, die aus braunem Lehm wachsen, dann Afrika. Und wieder einige Städte, aus schwarzem Lehm, dann die Sahara. Bernis darf heute abend zusehen, wie die Erde sich sacht entkleidet.

Er ist müde. Vor zwei Monaten war er nach Paris gefahren, um Genoveva zu gewinnen. Gestern ist er wieder bei der Fluggesellschaft gelandet und hat vorher Ordnung gemacht, nach seiner Niederlage. Diese Ebenen, diese Städte, diese Lichter, die entschwinden – er selbst läßt all dies fahren. Er selbst tut all dies von sich. In einer Stunde wird der Leuchtturm von Tanger blinken: bis zu diesem Leuchtturm wird Jacques Bernis seiner Erinnerung leben.

ZWEITER TEIL

I

Ich muß zurückgreifen, muß die letzten zwei Monate heraufholen – was bleibt sonst wohl von ihnen? Wenn einmal die Ereignisse, die ich schildern will, ganz zur Ruhe gekommen sein werden, wenn die Wellenkreise über den Menschen, die das Wasser verschlungen hat, wieder zum stillen Teichspiegel geworden, wenn die Gemütsbewegungen abgeebbt sind, zuerst die aufrüttelnden, dann die gelinden, bis zu den seligsten, die mir aus diesen Ereignissen erwuchsen: dann wird die Welt wieder als etwas Sicheres um mich stehen. Kann ich mich doch schon heute da und dort, wo das Andenken an Genoveva und Bernis wie eine Qual sein müßte, ruhig ergeben, nur mehr von einem leisen Schmerz bewegt!

Zwei Monate zuvor war er hinaufgefahren nach Paris. Aber nach längerer Abwesenheit findet man seinen richtigen Platz nicht mehr wieder: man fällt einer Stadt zur Last. Er war nicht mehr als ein Jacques Bernis, angetan mit einem Anzug, der nach Kampfer roch. Er bewegte sich steif und ungeschickt, und in seinem Zimmer verrieten die Lebensmittelvorräte, Flaschenbatterien, schön geordnet in einer Ecke, all das Wirtshausmäßige und Provisorische, das ihnen anhaftet: dieses Zimmer war noch nicht von sauberer Wäsche und von eigenen Büchern wohnlich gemacht.

»Hallo – bist du's?« Er registriert die alten Freundschaften. Man ruft ihm zu, er wird beglückwünscht.
»Dein Gespenst? Nein, bravo!«
»Ja, ich bin's. Wann kann ich dich sehen?«
Heute ist man eben nicht frei. Vielleicht morgen? Da wird Golf gespielt, aber er könnte ja auch dazu kommen. Keine Lust? Also übermorgen, zum Abendessen. Punkt acht Uhr.
Er betritt, schweren Schrittes, eine Tanzbar, behält unter all den Menschen seinen Mantel an, wie ein Forschungsreisender. Da verbringen sie ihre Nächte in diesem Käfig, wie Goldfische im Aquarium, drehen sich im Tanz herum, landen dann und wann beim Büfett, eins zu trinken. Bernis kommt sich in dieser flauen Gesellschaft, in der allein er seine fünf Sinne beisammen hat, plump vor, wie ein Lastträger, der auf breiten Beinen dasteht. Alles, was er denkt, ist scharf umgrenzt. Er geht weiter vor, strebt zwischen besetzten Tischen nach einem freien Stuhl. Die Augen der Frauen, die er mit den Blicken streift, schauen zerstreut, wie erloschen. Die jungen Männer machen höflich Platz, damit er vorbeigehen kann. Wie in der Nacht, wenn die Posten ihre Zigaretten fallen lassen, sobald der Wachoffizier in die Nähe kommt.
Diese Welt haben wir allemal wiedergefunden, nicht anders als der bretonische Matrose sein Ansichtskartendorf wiederfindet und seine unentwegt treue Braut, die je und je kaum älter geworden scheint. Immer dasselbe, Illustration aus einem Kinderbuch. Wenn wir alles so ganz an seinem Platz wiedererkannten, alles vom Schicksal so gut geregelt, fühlten wir etwas wie Angst vor der dunklen Zukunft. Bernis erkundigte sich nach einem Freund: »Ja, ja, immer der gleiche. Seine Geschäfte gehen nicht glänzend. Du weißt ja, das Leben« ... Alle waren sie Gefangene ihrer selbst, gebunden von jener dunklen Fessel und

so gar nicht wie er, der Flüchtling, halb armer Kerl, halb Zauberer.

Kaum ein bißchen verbraucht, vielleicht etwas schmäler geworden schienen die Gesichter seiner Freunde, seit zwei Winter und zwei Sommer vergangen waren. Diese Dame da, in der Ecke der Bar, erkannte er wieder: auch ihre Gesichtslinien hatten das ewige Lächeln, nur unmerklich verzogen. Dieser Barmann, wie einst und je. Der Gedanke, von ihm etwa erkannt zu werden, erschreckte Bernis, wie wenn diese Stimme in ihm selbst einen toten Bernis, einen ohne Flügel wiedererwecken müßte, einen, der gar nicht fortgewesen war.

Schon beim Rückflug hatte sich die Landschaft stückweise um ihn aufgebaut, fast wie ein Kerker. Die Sandhügel der Sahara, die spanischen Felsen waren allmählich zurückgewichen, wie Theaterkulissen, die der freien Natur Raum geben. Endlich, gleich nach der Grenze, Perpignan und ringsherum die Ebene. Diese Ebene, auf der noch späte Sonne lag in schrägen, langgestreckten Strahlen, die immer durchscheinender werden wie alter Goldstoff; da und dort lag noch der Sonnenhauch auf den Wiesen, von Minute zu Minute blässer und luftiger, nicht erlöschend, aber hinschmelzend im Dunste. Und dann dieser zitronengrüne Streif, eine satte dunkle Farbe unter dem Blau des Himmels. Ein stiller Hintergrund. Endlich, mit verlaufendem Motor, dieses Hinabtauchen ins Dunkle, wie in ein Meer, in dem alles friedlich geworden ist und wo nun alles so fest und unbeirrbar ruht wie eine Mauer.

Dann ging's im Wagen des Flughafens zur Bahn. Im Zug die Gesichter, gerade gegenüber, verschlossene, hart gewordene Gesichter. Die Hände, in die das Lebenslos seine Runen gegraben hat, liegen flach auf den Knien und sind so schwer. Den Bauern, zwischen denen man sitzt, merkt man an, daß sie vom Feld kommen. Und dieses junge

Mädchen, das daheim vor der Haustür auf den Mann wartet, der unter hunderttausend Männern zu ihr finden soll, und die schon hunderttausend Hoffnungsträume zerrinnen sah. Die Mutter aber, die ein Kind in Schlaf lullt, war ja schon Gefangene dieses Kindes, konnte ihm nicht mehr entfliehen.

Solcherart mitten ins Herzgeheimnis der Dinge gestellt, kam Bernis auf stillen Wegen in seine Heimat zurück, die Hände in den Taschen, ohne Koffer, der richtige Streckenpilot, zurück in die starrste aller Welten, in der man zwanzig Jahre prozessieren muß, um über eine Mauer hinüberzugreifen und ein Feld zu vergrößern.

Nach zwei Jahren, verbracht in Afrika und erfüllt von lebensvollen Landschaftsbildern, die ewig wechselten wie das Antlitz des Meeres, aber freilich jetzt, da sie in der Erinnerung versanken, auch nichts mehr übrig ließen vom alten Lande, dem einzigen, ewigen, vom Lande, dem er entstammt war, setzte er nun den Fuß auf wirklichen Boden und fand, ein Erzengel der Traurigkeit: »Alles ist noch, wie es war . . .«

Er hatte befürchtet, die Dinge verändert zu finden, und nun litt er darunter, daß sie gleichgeblieben waren. Was konnte er von Wiederbegegnungen, von alten Freundschaften anderes erwarten als vage Langeweile. In der Ferne träumt man gern. Das Rührende, das der Abschied gebracht hat, läßt man hinter sich, mit einem Stich im Herzen, aber auch mit dem seltsamen Bewußtsein von einem Schatz, der unter der Erde verborgen bleibt. Diese raschen Trennungen offenbaren manchmal so viel scheue Liebe. Eines Nachts, in der Sahara, unter dem leuchtenden Sternenhimmel, hatte Bernis träumerisch an all das Zärtliche in der Ferne gedacht, das warm in das Dunkel der Nacht und der Zeit gehüllt ruhte wie Samenkorn in der Erde, und plötzlich stand in seiner Seele das Gefühl:

er habe sich nur ein wenig zur Seite gewandt, um das Schlafende anzuschauen. Angelehnt an sein Flugzeug, das havariert war, vor sich die Sanddüne, die sich weithin bis zum Horizont wellte, stand er da und hütete sein Liebstes wie ein Hirt...
»Und das ist alles, was ich wiederfinde!«

Eines Tages schrieb mir Bernis:
»...Ich erzähle dir nichts über meine Heimkehr: ich werde, wie ich meine, mit den Dingen fertig, wenn Empfindungen in mir wach werden. Aber es ist keine wach geworden. Es ging mir so wie jenem Pilger, der um eine Minute zu spät nach Jerusalem gekommen war. Seine Sehnsucht, sein Glaube waren erloschen, er sah nur Steine. Diese Stadt: eine Mauer. Ich will fort von hier. Erinnerst du dich an unseren ersten Flug? Wir haben ihn zusammen gemacht. Murcia, Granada lagen da wie kleine Schmuckstücke im Glaskasten und blieben in der Vergangenheit versunken – denn wir landeten nicht –, blieben so hingestellt, wie die Jahrhunderte sie gelassen hatten. Der Motor machte sein intensives Geräusch, das alles beherrscht und unter dem die Landschaft lautlos abrollt wie ein Film. Es war kalt, wir flogen ja so hoch und sahen die Städte wie durch Eis. Erinnerst du dich?
Ich habe noch die Zettel aufbewahrt, die du mir herüberreichtest:
›Du mußt auf dieses sonderbare Geräusch achthaben ... nicht über die Meerenge fliegen, wenn es zunehmen sollte.‹
Zwei Stunden später, über Gibraltar: ›Erst bei Tarifa übers Meer, es ist besser.‹
Vor Tanger: ›Kein zu langes Landungsmanöver, der Boden ist weich.‹
Ganz einfach war's. Aber mit diesen kurzen Sätzen gewinnt man die Welt. Ich empfand sie wie eine Strategie,

die in so knappen Weisungen mächtig wirkte. Tanger, diese kleine nichtssagende Stadt, war meine erste Eroberung. Weißt du, das war sozusagen mein erster Zusammenstoß. Ja. Zunächst aus der Vertikalen, aber noch aus großer Ferne. Dann, im Gleitflug, blühte alles vor mir auf: die Wiesen, die Blumen, die Häuser, als brächte ich eine untergegangene Stadt ans Licht herauf, als würde sie erst durch mich lebendig. Und nun plötzlich eine wunderbare Entdeckung: fünfhundert Meter unter mir jener Araber, der sein Feld bestellte, den ich allmählich zu mir heraufzog, bis er so groß war wie ich. Er war wahrhaftig meine Kriegsbeute oder meine Schöpfung oder mein Spielzeug. Ich hatte mir eine Geisel gefangen, Afrika gehörte mir.

Zwei Minuten danach stand ich im Grase, ich fühlte mich so jung, wie auf einen Stern versetzt, in dem das Leben neu beginnt. In einem neuen Klima. Auf diesem Boden, unter diesem Himmel stand ich wie ein junger Baum. Und ich streckte mich nach der Fahrt und war so herrlich hungrig. Ich machte lange, elastische Schritte, um mich vom weiten Flug zu erholen, und mußte darüber lachen, daß ich meinen Schatten nun wieder hatte – das war die Landung.

Und dann: welcher Frühling! Siehst du ihn noch vor dir, nach den grauen Regentagen in Toulouse? Es war eine ganz neue Lust, die alles durchdrang. Jedes weibliche Wesen war von einem Geheimnis umwittert: oft war es nur ein Tonfall, eine Gebärde oder ein Verstummen. Und alle waren sie verlockend. Dann aber, du kennst mich ja, diese Hast, weiter zu steigen, weiter weg zu suchen, was ich vorausempfand und noch nicht verstehen konnte; denn ich war ja der Wünschelrutenmann, der den zitterternden Weidenzweig in der Hand hält und über die ganze Erde gehen will, bis er den Schatz gefunden hat.

Aber, sag mir nur, was suche ich denn? Und weshalb stehe ich da am Fenster, in der Stadt, in der alle meine Freunde wohnen, wo meine Wünsche leben und meine Erinnerungen zu Hause sind, und bin doch so unglücklich! Warum kann ich denn hier, zum erstenmal, keine Quelle entdecken, warum weiß ich weit und breit keinen Schatz zu graben? Dunkel ist das Versprechen, das mir gegeben ist, und dunkel der Gott, der sein Versprechen nicht hält.

Ich habe die Quelle wiedergefunden. Weißt du noch? Sie heißt Genoveva ...«

Genoveva – als ich diese Worte in Bernis Brief gelesen hatte, mußte ich die Augen schließen – und da sah ich dich wieder, kleines Mädchen. Fünfzehn Jahre, und wir, wir waren dreizehn Jahre alt. Wie hättest du auch in unserer Erinnerung älter werden sollen? Du warst für uns dasselbe schmächtige Kind geblieben, und nur dieses konnten wir uns vorstellen, wenn wir später von dir hörten.
Indes andere die Erwachsene zum Traualtar geleiteten, haben wir, Bernis und ich, im tiefsten Afrika ein kleines Mädchen zur Braut erwählt. Und so bist du, mit deinen fünfzehn Jahren, die jüngste der Mütter geworden. In einem Alter, in dem man die bloßen Beine beim Baumklettern wundscheuert, wolltest du schon eine richtige Wiege haben, dieses königliche Spielzeug. Und während du im Kreise der Deinen, die das Wunder nicht ahnten, das stille Leben einer jungen Frau führtest, lebtest du für uns ein Märchenleben, durch ein Zaubertor in unser Dasein eingetreten, verkleidet als Gattin, als Mutter, als Fee, wie auf Kostümfesten und Kinderbällen.
Denn du warst eine Fee. Ich weiß es noch gut. Du wohntest in einem alten Hause mit dicken Mauern. Ich sehe

dich in der tiefen Fensternische stehen, auf die Ellbogen gestützt, um nach dem aufsteigenden Mond zu schauen. Ringsum in der Ebene wurden die abendlichen Geräusche laut, die Grillen ließen ihre Flügel zirpen, die Frösche quakten drauflos, und die Glocken der heimkehrenden Kühe läuteten. Der Mond stieg höher. Manchmal klang aus dem Dorf das Totengeläute und trug über die Felder hin den Heimchen und den Zikaden das Unerklärliche zu, den Tod. Und du beugtest dich weiter vor, im Herzen bewegt, doch nur für die liebenden Brautleute, denn nichts ist bedrohter als grüne Hoffnung. Aber der Mond stieg höher. Da fingen die Nachtkäuze an, einander liebend zuzurufen, und übertönten das Totenglöckchen, und die umherschweifenden Hunde sammelten sich im Kreis und heulten zum Mond hinauf. Jeder Baum, jeder Grashalm, jedes Schilfrohr war voll heimlichen Lebens. Und der Mond stieg noch immer. Du aber nahmst uns bei den Händen und wolltest, daß wir zuhören, denn das seien die Geräusche unserer Erde, die gut sind und Zuversicht geben.

Du warst so wohlbehütet von diesem Hause und, rings um das Haus, von diesem lebendigen Gewand der Erde. Allerlei Bündnisse hattest du geschlossen mit den Linden, den Eichen und mit den weidenden Herden, daß wir dich ihre Königin nannten. Dein Antlitz wurde still und stiller, wenn die abendliche Welt allmählich für die Nacht in Ordnung gebracht wurde. »Der Pächter hat das Vieh heimgeführt.« Das wußtest du, wenn in den fernen Ställen die Lichter sich entzündeten. Ein dumpfer Lärm: »Man macht die Schleuse zu.« Alles war in Ordnung. Endlich der Schnellzug, der um sieben Uhr abends herandonnerte, das Land durchraste und entschwand, um deine Welt von dem zu säubern, was unruhig und beweglich war und ungewiß, wie ein Gesicht hinter dem Fenster eines Schlafwagens. Dann war das Essen in einem Speisezimmer, das zu hoch und schlecht beleuchtet war, und da warst du uns die Königin des Abends, denn wir überwachten dich ohne Unterlaß, wie zwei Spione. Da saßest du still zwischen alten Leuten, umgeben vom Holzgetäfel des Raumes, und wenn du dich vorbeugtest, bot sich nichts als dein Haar dem Goldglanz des Lichtkegels, den die Lampenschirme freiließen, du warst von Licht gekrönt, warst Königin. Als eine Ewige erschienst du uns, denn du warst mit allen Dingen so voll vertraut, warst ihrer sicher und sicher deiner Gedanken, deiner Zukunft, du warst Königin . . .

Wir aber wollten wissen, ob es möglich sei, dich leiden zu machen, dich so fest in die Arme zu schließen, daß dir der Atem ausginge, denn wir fühlten in dir ein Menschliches schlummern, und wollten es zum Leben wecken: eine Zärtlichkeit, ein Leid, und es sollte in deinen Augen aufleuchten. Da schlang Bernis die Arme um dich, deine Wangen wurden rot. Er umschlang dich fester, in deinen Augen glänzten Tränen, und es war doch kein häßlicher Zug um deine Lippen, wie bei alten Frauen, wenn sie weinen. Bernis aber sagte, daß deine Tränen aus dem Herzen kämen, das dir unversehens schwer geworden, daß sie kostbarer seien als Diamanten, und wer sie dir einst von den Lidern wegtränke, der würde unsterblich. Und er sagte auch, daß du in deinem Leib verborgen seist wie die Nixe unter dem Wasserspiegel, und daß er vielerlei Zauberkünste wisse, um dich aus der Tiefe heraufzulocken, aber das sicherste Mittel sei, dich weinen zu machen. So also wußten wir dir Liebe abzulisten. Aber wenn wir dich freigaben, lachtest du, und dieses Lachen brachte uns in Verwirrung. Du warst wie ein Vogel, der jählings davongeflogen ist, weil die Hand, die ihn festhielt, sich ein wenig gelockert hatte.

»Genoveva, lies uns Verse vor!«
Man traf dich selten lesend, und wir meinten, du wüßtest schon alles. Nie hatten wir dich über etwas verwundert gesehen.
»Lies uns doch Verse vor!«
Da lasest du denn, und uns war das eine richtige Unterweisung, für die Welt, für das Leben, eine Unterweisung, die uns nicht vom Dichter herkam, sondern aus dem eigenen Wissen. Kummer, von Liebenden gelitten, und Tränen, von Königinnen geweint, wurden für uns große, stille Dinge. Die Menschen starben dahin an der Liebe, aber in deiner Stimme war eine solche Ruhe . . .
»Genoveva, sag, kann man wirklich an der Liebe sterben?«
Da hieltest du im Lesen inne und dachtest ernsthaft nach. Ohne Zweifel suchtest du Antwort bei deinen Farnkräutern, bei deinen Grillen und Bienen, und du sagtest: »Ja, weil doch die Bienen an der Liebe sterben.« Das war also notwendig und in Ordnung.
»Genoveva, was ist das, ein Liebhaber?«
Wir wollten dich erröten machen, aber du wurdest nicht rot. Kaum berührt von dieser Frage, schautest du auf den Teichspiegel hinaus, der im Mondschein glitzerte. Da dachten wir, ein Liebhaber müsse für dich so sein wie dieser Lichtstrahl auf dem Wasser.
»Genoveva, hast du einen Liebhaber?«
Diesmal würdest du rot werden! Aber nein, du lächeltest ganz unbefangen und schütteltest den Kopf. In deinem Königreich bringt die eine Jahreszeit die Blumen, eine andere die Früchte, und wieder eine bringt die Liebe: das Leben ist so einfach.
»Genoveva, weißt du, was wir später tun werden?« (Wir wollten dich blenden und nannten dich: schwaches Weib.)
»Ja, du schwaches Weib, wir werden Eroberer sein.« Und

wir erklärten dir das Leben: der Eroberer kehrt ruhmbeladen heim und macht eine, die ihm lieb war, zu seiner Geliebten.

»Dann werden wir deine Liebhaber sein. Sklavin du, lies uns Verse vor!«

Aber du mochtest nicht mehr und warfst das Buch fort. Auf einmal stand dein Leben so sicher vor dir, wie wenn ein junger Baum spürt, daß er wächst und Früchte trägt. Es war nichts anderes da als das, was notwendig war. Wir, wir waren Eroberer aus Fabelland, du aber standest fest inmitten deiner Farnkräuter, deiner Bienen und Ziegen und im Glanze deiner Sterne, du hörtest deine Frösche quaken und fandest deine Zuversicht in all diesem Leben, das um dich her aus der nächtlichen Stille wuchs und das aus dir selbst erblühte, aus dem Federn deines Schrittes bis hinauf zur Beuge deines Nackens, und es war eine Zuversicht in ein Geschick, das nicht in Worte zu fassen und dennoch so sicher war.

Aber der Mond stand schon hoch, es war Schlafenszeit, da schlossest du das Fenster, und weil nun das Mondlicht durch die Scheiben glänzte, sagten wir dir, du hättest den Himmel wie einen Glaskasten zugemacht, so daß der Mond und eine Handvoll Sterne darin gefangen wären — denn wir waren ja darauf aus, mittels aller möglichen Sinnbilder und aller erdenklichen Fallen dich hinter den Anschein der Dinge zu führen, hinab in die Tiefe der Meere, wohin die Unruhe unserer Herzen uns rief.

»... Ich habe die Quelle wiedergefunden. Sie ist's, die ich brauchte, um von der Reise auszuruhen. Sie ist da, die anderen ... Es gibt Frauen, von denen wir sagten, sie seien nach dem Erlebnis der Liebe ins Ferne gerückt, zu den Sternen hinauf, und sie seien nichts als eine Erfindung des Herzens. Von Genoveva aber, du erinnerst dich, meinten wir, sie sei bewohnt. Ich habe sie wiedergefun-

den, wie man den Sinn der Dinge wiederfindet, und ich gehe an ihrer Seite in eine Welt ein, deren Innerstes ich endlich entdecken darf . . .«

Für ihn kam sie von den Dingen her. Sie wurde ihm Mittlerin, nach so vielen Trennungen, für so viele neue Bindungen. Die Kastanienbäume, die da standen, schenkte sie ihm wieder, diese Straße, jenen Brunnen. Und jedem der Dinge war wieder das Geheimnis eingegeben, das wir seine Seele nennen. Da war ein Garten: er war nicht mehr gepflegt, geschnitten und sauber aufgeräumt wie für einen Amerikaner, nein, es war nun mit einem Male etwas Unordentliches in der Allee zu sehen, hin und wieder ein dürres Blatt und da ein verlorenes Schnupftuch, als wären Liebende hier gegangen. Und dieser Garten wurde zur Falle . . .

II

Nie hatte sie zu Bernis von Herrn Herlin, ihrem Gatten, gesprochen, erst heute abend: »Ein langweiliges Essen, massenhaft Menschen: Jacques, essen Sie doch mit, so werde ich weniger allein sein.«
Herlin gestikuliert viel, etwas zu viel. Weshalb diese betonte Sicherheit, die er im Alltag ja doch nicht beibehält? Seine Frau beobachtet ihn mit einiger Unruhe. Dieser Mann schiebt gleichsam eine Persönlichkeit vor sich her, die er zurechtgemacht hat. Nicht aus Eitelkeit, aber um an sich glauben zu können. »Sehr richtig, Ihre Bemerkung, mein Lieber.« Genoveva wendet sich angewidert ab: diese ausladende Geste, dieser Tonfall, und so viel zur Schau getragene Sicherheit!
»Kellner, Zigarren!«
Noch nie hat sie ihn so lebendig gesehen, so erfüllt von seiner Bedeutung. Da sitzt man im Gasthaus, und von

diesem Podest aus beherrscht man die Welt. Ein Wort, das man sagt, stößt auf einen Gedanken und hat ihn auch schon umgestoßen. Ein einziges Wort dem Speisenträger, dem Oberkellner bringt sie beide in eilige Bewegung.
Genoveva muß lächeln: wozu dieses politische Diner? Wozu, seit sechs Monaten, diese politischen Grillen? Herlin kommt sich als starker Mann vor, wenn große Gedanken durch seinen Kopf hindurchgehen, und er merkt, daß er stattliche Posen einzunehmen versteht. Dann ist er ganz beglückt und tritt ein wenig zurück, um sein eigenes Bild zu betrachten.
Genoveva läßt ihn und die anderen bei diesem Spiel und wendet sich zu Bernis: »Verlorener Sohn, erzählen Sie mir von der Wüste ... Wann werden Sie uns ganz wiedergeschenkt sein?«
Bernis schaut sie an und erkennt das fünfzehnjährige Mädchen wieder, das ihm aus dem Antlitz einer fremden Frau zulächelt, wie es in Märchenbüchern zu lesen ist; ein Kind, das sich verbirgt, aber mit einer halben Bewegung alsbald wieder verrät: Genoveva, ich weiß das Zaubermittel, man muß Sie umarmen, so fest, daß es Ihnen weh tut, dann ist das junge Mädchen wieder da und will weinen ...
Jetzt aber neigen sich die Herren wieder zu Genoveva, daß ihre steifen Hemdbrüste sich biegen, und benehmen sich verführerisch, als ob man eine Frau erobern könnte, indem man Gedanken formuliert und Bilder vor ihr aufbaut, als wäre sie der Siegerpreis eines steten Wettbewerbs. Auch ihr Gatte beginnt liebenswürdig zu werden, gewiß wird er hernach zärtlich sein wollen. Er entdeckt sie, wenn andere sie begehrenswert gefunden haben, wenn die Frau im Glanz des Abendkleides und im Wunsche zu gefallen ein wenig das Weib hat erblühen lassen. Sie aber denkt: er liebt nur, was mittelmäßig ist. Warum liebt man sie nicht ganz? Man liebt nur einen Teil ihrer selbst, das üb-

rige bleibt im Schatten. Man liebt sie, wie man die Musik liebt oder den Luxus. Gibt sie sich geistreich oder gefühlvoll, dann wird sie begehrt. Aber woran sie glaubt, was sie empfindet, was wirklich in ihr lebt – darum kümmert sich keiner. Die Liebe zu ihrem Kind, alle ihre Kümmernisse, mögen sie noch so ernsthaft sein – von diesem abseitigen Leben will niemand wissen.

Jeder Mann wird in ihrer Nähe zur Puppe: er entrüstet sich, wenn sie sich entrüstet, er wird rührselig, wenn sie es wird, als wolle er, um ihr zu gefallen, immer nur sagen: Ich werde der Mann sein, wie Sie ihn wünschen. Und das entspricht der Wahrheit, all dies hat eben für ihn keine Bedeutung. Was für ihn Bedeutung hätte, wäre einzig, ihr beizuwohnen.

Sie aber denkt nicht immer an die Liebe, sie hat keine Zeit dazu.

Und sie erinnert sich lächelnd an die ersten Tage ihres Brautstandes: Herlin hatte plötzlich entdeckt, daß er verliebt war (offenbar hatte er es vordem vergessen). Er will mit ihr reden, er will sie zahm machen und gewinnen: »Aber, ich habe doch keine Zeit ...« Und so schritt sie vor ihm auf dem Fußweg, trällerte ein Lied und hieb im Takt auf die jungen Zweige der Bäume. Die Erde war feucht und duftete, und von den Zweigen spritzten die Tropfen auf ihr Gesicht. Sie dachte immer wieder: »Ich habe doch keine Zeit, gar keine Zeit!« Sie geht jetzt doch ins Glashaus, nachzusehen, was die Blumen machen.

»Genoveva, Sie sind ein grausames Kind.«

»Ja, freilich, aber sehen Sie nur, wie schön diese Rosen sind! So eine schöne Blume ist doch etwas Wunderbares.«

»Genoveva, lassen Sie sich umarmen ...«

»Ja, ja, warum nicht? Finden Sie meine Rosen schön?«

Und die Männer finden ihre Rosen immer schön

»Aber nein, mein kleiner Jacques, nein, ich bin wirklich nicht traurig.« Sie neigt sich halb zu Bernis: »Wenn ich daran denke, was ich doch für ein sonderbares kleines Mädchen war! Ich hatte mir einen Gott nach meinem Sinn geschaffen. Wenn mich ein kindlicher Schmerz überkam, so weinte ich den ganzen Tag um das Unwiederbringliche. Aber des Nachts, sobald es finster war, rettete ich mich zu meinem Freund, und mein Gebet war so: ›Sieh, das ist mir geschehen, aber ich bin viel zu schwach, mein zerstörtes Leben wieder in Ordnung zu bringen. Ich will dir alles überlassen, du bist ja so viel stärker als ich. Mach wieder Ordnung!‹ So schlief ich ein.«

Und dann: unter all den zweifelhaften Dingen gibt es doch auch so viele, die fügsam sind. Sie gebot über ihre Bücher, ihre Blumen und über ihre Freunde. Mit ihnen allen unterhielt sie Verträge. Sie kannte das Zeichen, das ein Lächeln hervorzaubert, wußte das Losungswort, das einzig wirksame:

»Ah, da sind Sie ja, mein alter Astrolog ...« —

Und wenn Bernis eintrat: »Setzen Sie sich, verlorener Sohn ...« So war jeder mit ihr verbunden, durch ein Geheimnis, durch die zarte Gewißheit, von ihr entdeckt und erkannt zu werden. Und die harmloseste Freundschaft wurde dadurch reich und tief wie ein Verbrechen.

»Genoveva«, sagte Bernis, »Sie sind Königin über alle Dinge.«

Sie rührte ein wenig an den Möbeln ihres Zimmers, rückte jenen Armsessel um ein geringes, und schon hatte der Freund das überraschende Gefühl, den Platz in der Welt gefunden zu haben, der für ihn der richtige war. War der Tag vorbei mit all dem Leben, das er gebracht hatte, so gab es allerlei stille Unordnung im Zimmer, verstreute Notenblätter, verwelkte Blumen — alles, was man hienieden liebt und doch durcheinanderbringt. Aber Geno-

veva verstand es, lautlos den Frieden in ihrem Königreich wiederherzustellen. Und Bernis erkannte in ihr, tief verborgen in ihrem Wesen und wohlbehütet, das kleine Mädchen, das da schlummerte und das ihn einst geliebt hatte ...
Aber es kam ein Tag, an dem die Dinge sich jählings empörten.

III

»Laß mich doch schlafen ...«
»Das ist unerhört! Steh auf, das Kind erstickt ja!«
Aus dem Schlaf gerissen, lief sie zum Bett. Das Kind schlief. Sein Gesicht war fieberglänzend, der Atem zwar kurz, aber ruhig. Schlaftrunken, wie sie war, sah Genoveva das hastige Schnaufen eines Schleppers vor sich.
»Welche Anstrengung!« Und das war schon seit drei Tagen so. Unfähig, einen Gedanken zu fassen, blieb sie stehen, über den kranken Knaben gebeugt.
»Weshalb hast du mir gesagt, daß er erstickt? Hast du mir Angst machen müssen?«
Ihr Herz war noch unruhig von diesem Schrecken. Herlin antwortete:
»Ich habe es geglaubt.«
Sie wußte, daß er log. Er war plötzlich in Angst geraten und hatte, unfähig zu leiden, diese Angst mit jemand teilen müssen. Die Stille um ihn herum erschien ihm, da er leiden mußte, unerträglich. Und ihr tat doch nach drei durchwachten Nächten eine Stunde Schlaf dringend not. Sie hatte sich schon kaum mehr aufrecht halten können.
All diese Unaufrichtigkeit verzieh sie ihm ja — was hatten schon Worte zu bedeuten? Aber dieses Kontrollieren ihres Schlafs war doch zu lächerlich!

»Du bist wirklich unvernünftig«, das war alles, was sie sagte, dann noch, um ihn mild zu stimmen: »Du bist ein Kind . . .«

Im gleichen Atemzug fragte sie die Pflegerin nach der Zeit.

»Zwei Uhr zwanzig.«

»So?« Und Genoveva wiederholte: »Zwei Uhr zwanzig . . .«, als ob jetzt etwas Dringendes zu tun wäre. Aber nein, es war ja nichts zu tun als zu warten, wie auf einer Bahnfahrt. Sie strich über die Bettdecke, stellte die Arzneien zurecht, machte sich am Fenster zu schaffen. So erzeugte sie eine geheimnisvolle, unsichtbare Ordnung.

»Sie sollten ein wenig schlafen«, meinte die Pflegerin. Dann war alles still. Und wieder überkam sie die Vision einer Reise, wo die Landschaft ungesehen vorbeifließt.

»Dieses Kind, das man so lebendig sah, das man so lieb hat . . .«, deklamierte Herlin, der sich gern von Genoveva bedauern lassen wollte. Die Rolle des unglücklichen Vaters . . .

»Beschäftige dich, mein Lieber, tu doch etwas!« riet ihm Genoveva in freundlichem Ton. »Du hast eine geschäftliche Besprechung, geh nur hin!«

Sie nahm ihn an den Schultern, er aber blieb dabei, seinen Schmerz zu hätscheln: »Wie könnte ich denn? In einem solchen Augenblick . . .«

In einem solchen Augenblick, gerade dann mehr denn je! Sie empfand einen seltsamen Drang, Ordnung zu machen. Diese Vase war von ihrer Stelle gerückt worden, hier lag Herlins Mantel auf einem Sessel, dort auf der Konsole war Staub zu sehen – alles das waren ja Stellungen, die der Feind genommen hatte, waren Anzeichen eines Zusammenbruchs. Gegen diesen eben kämpfte sie an. Der Goldglanz der Nippsachen, Zimmermöbel, die richtig stehen, das ist hell, das sind Wirklichkeiten im vollen

Tageslicht. Und alles, was gesund und nett und sauber war, schien für Genoveva wie ein Schutz vor dem Tod, der etwas so Dunkles war.

Der Arzt sagte: »Es kann wieder gut werden, das Kind ist kräftig.« Das war ja richtig: wenn es schlief, klammerte es sich mit seinen beiden kleinen, geschlossenen Fäustchen an das Leben an. Das war etwas so Schönes, so Festes.

»Gnädige Frau, Sie sollten ein wenig ausgehen, machen Sie einen Spaziergang«, meinte die Pflegerin. »Hernach gehe ich auch aus. Sonst halten wir beide nicht stand.«

Es war doch seltsam, wie dieses Kind zwei Frauen bis an die Grenzen ihrer Kräfte erschöpfte. Wie es da lag mit den geschlossenen Augen und dem kurzen Atem, nahm es sie mit sich fort, ans Ende der Welt.

Genoveva ging wirklich aus, um Herlin zu entkommen, der ihr Vorträge hielt: »Meine elementarste Aufgabe ...«, »Dein Stolz ...« Sie begriff nichts von allen diesen Redensarten, weil sie zu schläfrig war, aber Einzelnes, wie dieses »Stolz«, ließ sie doch für einen Augenblick aufhorchen. Stolz – weshalb? Was hat das hier zu tun?

Der Arzt überraschte diese junge Frau, die nicht in Tränen ausbrach, die kein überflüssiges Wort sagte, ihm aber in allem zur Hand war wie eine geübte Wärterin. Er bewunderte diese stille Hüterin des Lebens. Für Genoveva aber waren seine Besuche die besten Augenblicke des ganzen Tages. Nicht, daß er sie etwa trösten wollte, nein, er machte keine Worte; aber weil in seiner Welt der Körper ihres Kindes seinen genau umzirkelten Platz hatte. Und weil alles, was ernst war, dunkel und ungesund schien, hier zu bestimmtem Ausdruck kam. Was war das doch für eine Hilfe in diesem Kampf gegen das Reich der Schatten! Sogar die Operation am vorgestrigen Abend ... Herlin jammerte nebenan, sie aber war dageblieben. Der Chirurg trat ein, im weißen Mantel, ruhevoll wie eine Gottheit. Er und der Internist nahmen den kurzen Kampf auf. Trockene Worte, Befehle wie »Chloroform!« und »Noch etwas mehr!« und »Jod!« wurden einzeln, mit leiser Stimme, gesprochen, ohne jegliche Gefühlsbetonung. Und plötzlich, vor dieser machtvollen Strategie, wußte Genoveva, nicht anders als Bernis in seinem Flugzeug, daß der Sieg gewiß war.

»Wie kannst du das glauben«, sagte Herlin, »bist du denn eine so herzlose Mutter?«

Eines Morgens, als gerade der Arzt da war, glitt sie still aus ihrem Armsessel zu Boden, ohnmächtig. Als sie wieder zu sich gekommen war, sprach der Arzt ihr Mut zu, er redete nicht von Hoffnungschöpfen und äußerte keine Teilnahme. Er sah sie ernsthaft an und sagte: »Sie überanstrengen sich, das ist nicht vernünftig. Ich verordne Ihnen, daß Sie heute nachmittag ausgehen sollen. Gehen Sie nicht just ins Theater, das würden die Menschen in ihrer Beschränktheit nicht begreifen, aber irgend etwas Ähnliches sollten Sie tun!«

Und bei sich dachte er: Ein echteres Wesen, als dieses ist, habe ich in meinem Leben nicht kennengelernt.

Draußen auf dem Boulevard war es so angenehm frisch. Sie schritt dahin und fand eine Beruhigung darin, sich an Jugendzeiten zu erinnern. An die Bäume, an die Ebenen, an lauter einfache Dinge. Und dann, eines Tages, viel, viel später, war dieses Kind in ihr Leben gekommen, und das war etwas Unbegreifliches gewesen und zugleich etwas unendlich Einfaches. Eine Tatsache, die stärker war als alles andere. Diesem Kinde hatte sie zu dienen gelobt, inmitten aller Dinge, der toten und lebenden, und es war nicht mit Worten auszudrücken, was sie schon in der ersten Stunde empfunden hatte. Sie kam sich – wie war das nur gewesen? – ja, sie kam sich so klug vor, so sicher ihrer selbst, richtig verbunden mit der übrigen Welt, als ein Teil des Ganzen. Damals hatte sie sich, als es Abend werden wollte, näher ans Fenster bringen lassen. Da standen die Bäume im vollen Leben, der Saft stieg in ihnen empor, sie zogen gleichsam den Frühling aus der Erde ins Tageslicht: nichts anderes hatte sie getan. Neben ihr lag das Kind und atmete leise: war das nicht der Motor der ganzen Welt, und die Welt wurde durch dieses zarte Atmen belebt?

Jetzt aber, seit drei Tagen, welche Verwirrung! Das geringste, das man tat, ob man etwa das Fenster öffnete, ob man es schloß, alles war von Verantwortung schwer belastet. Man wußte nicht mehr, was tun, man rührte an die Arzneigläser, an das Bettzeug, an das Kind, und man ahnte doch nicht, was in der dunkel gewordenen Welt ein solches Tun für eine Wirkung haben konnte.

Da war ein Antiquitätenladen, Genoveva dachte an die Nippsachen in ihrem Zimmer, an diese kleinen Sonnenfänger. Alles, was Licht aufnimmt, gefiel ihr, alles, was, hell beleuchtet, wieder Licht ausstrahlt. Sie blieb stehen, um an einem Kristallglas jenes stille Lächeln wahrzunehmen, das Lächeln, das alte, gute Weine an sich haben. In ihrem übermüdeten Hirn mengte sich alles: Licht, Gesundheit, Lebenszuversicht, und sie hatte den Wunsch, dem Kinde, das ihr zu entschwinden drohte, diesen Gegenstand ins Zimmer zu stellen, der ein Leuchten von sich gab, so klar wie Gold.

IV

Herlin begann sein Lied von neuem: »Und du hast das Herz, dich zu unterhalten und bei Antiquaren zu stöbern! Das werde ich dir nie verzeihen! Das ist ja . . .«, er suchte nach dem richtigen Wort –, »das ist ungeheuerlich, ganz unbegreiflich und einer Mutter unwürdig!« Mechanisch hatte er eine Zigarette hervorgezogen und schwenkte das rote Lederetui in der Hand. Genoveva hörte noch: »Die Selbstachtung ...« Da dachte sie: Wird er jetzt die Zigarette anzünden?

»Ja«, und er fügte noch etwas hinzu, das er sich fürs Ende vorbehalten hatte, »ja, und während die Mutter sich unterhält, spuckt das Kind Blut!«

Genoveva wurde leichenblaß. Sie wollte das Zimmer verlassen, doch er stellte sich in den Weg. »Bleib!« Er keuchte wie ein Tier. Diese Angst, die er allein zu tragen gehabt hatte, die würde sie ihm heimzahlen müssen!

»Du wirst mir weh tun, und dann wird es dir leid sein«, sagte Genoveva ganz ohne Erregung.

Aber diese Bemerkung gab dem Windbeutel, der er war, in seiner Nichtigkeit vor allen Tatsächlichkeiten, den entscheidenden Anstoß zur Exaltation. Er begann zu deklamieren. Ja, sie war immer, allen seinen Bemühungen zum Trotz, gleichgültig geblieben, sie war kokett und flatterhaft. Ja, und er hatte sich lange Zeit von ihr anführen lassen, er, Herlin, der doch so sehr auf sie baute. Ja. Aber all das war doch nichts gewesen: er allein hatte daran zu leiden, man ist ja immer allein im Leben ... Genoveva wandte sich gequält ab, da nahm er sie bei den Schultern und rief: »Aber die Sünden der Frauen rächen sich!« Und weil sie sich ihm neuerdings entziehen wollte, wagte er die Beschimpfung: »Das Kind stirbt – das ist der Fingerzeig Gottes!«

Mit diesem Wort ist sein Zorn mit einemmal dahin, wie nach einem Totschlag der Rausch verflogen ist. Da es herausgesagt ist, begreift er sich selbst nicht mehr. Genoveva, todbleich im Gesicht, macht einen Schritt zur Tür. Er aber weiß, welches Bild von ihm sie davon trägt, und er hat doch nur ein so schönes Bild von sich vor ihr aufbauen wollen. So treibt ihn der Wunsch, jenes Bild zu verwischen, alles wiedergutzumachen, geradezu mit Gewalt, in ihr ein anderes, freundlicheres Bild zu erwecken. Mit jählings gebrochener Stimme: »Verzeih — — komm her ... ich war ja ein Narr!«

Sie hielt schon den Türgriff in der Hand und stand halb zu ihm gewandt, anzusehen wie ein scheues Tier, das fliehen würde, wenn er sich rührte. Aber er rührte sich nicht.

»Komm her, ich muß mit dir reden ... es ist so schwer ...«

Sie bleibt unbeweglich stehen – wovor fürchtet sie sich denn? Fast gerät er wieder in Wut über eine so unbegründete Angst. Er möchte ihr sagen, daß er von Sinnen war, grausam, ungerecht, daß sie allein im Recht ist, aber zuvor muß sie zu ihm kommen, muß Vertrauen zeigen, muß nachgeben. Dann wird er sich gern vor ihr demütigen, und sie wird ja verstehen ... Aber schon drückt sie die Klinke nieder.

Da streckt er die Hand aus und faßt rasch ihr Handgelenk ... Sie schaut ihn an, mit einem Blick voll niederschmetternder Verachtung. Das reizt ihn: jetzt muß er sie unter allen Umständen in seine Gewalt bringen, um ihr seine Kraft zu zeigen und ihr dann zu sagen: »Schau, ich lasse dich frei!«

Anfangs preßte er den gefesselten Arm ein wenig, dann aber heftiger. Sie hob die andere Hand, um ihm einen Schlag ins Gesicht zu versetzen, aber er nahm auch diese Hand gefangen. Jetzt tat er ihr ernstlich weh, er fühlte, daß es ihr weh tat, und mußte daran denken, wie Kinder, die eine herrenlose Katze eingefangen haben, sie nun gewaltsam zähmen wollen und sie fast erwürgen, um sie streicheln zu können – alles aus Zärtlichkeit. Er atmete tief auf: Ich habe ihr weh getan, jetzt ist alles verloren.

Und einige Augenblicke lang empfand er eine tolle Lust, Genoveva zu erwürgen und mit ihr das Bild seiner selbst auszulöschen, das er da aufgerichtet hatte und das ihn jetzt so abstieß.
Endlich löste er den Griff seiner Hände, und es war in ihm ein seltsames Gefühl der Kraftlosigkeit und der Leere. Genoveva trat zurück, ohne Hast, als wäre er nun wirklich nicht mehr zu fürchten und als hätte sich etwas ereignet, was sie plötzlich aus seiner Reichweite entfernte: er war nicht mehr da. Sie blieb stehen, ordnete gemächlich ihr Haar, dann ging sie in aufrechter Haltung aus dem Zimmer.
Am Abend, als Bernis zu ihr kam, sprach sie davon kein Wort. Derlei bekennt man nicht. Aber sie ließ ihn erzählen, von den Erinnerungen an die gemeinsam verbrachte Jugend und von seinem eigenen Leben dort unten. Und das tat sie, weil sie ihm ein kleines Mädchen anvertraute, das getröstet sein wollte, und kleine Mädchen tröstet man mit Träumereien.
Sie lehnte ihre Stirn an seine Schulter, und Bernis meinte zu fühlen, daß sie da ihre Zuflucht gefunden habe. Gewiß glaubte sie das selbst. Aber es war auch gewiß, daß sie beide nicht ahnten, wie wenig man von sich herschenkt, wenn man zärtlich ist.

V

»Sie kommen zu mir, Genoveva, zu dieser Stunde ... und wie blaß Sie sind ...«
Genoveva schweigt. Die Pendeluhr ist unerträglich mit ihrem Tick-tack. Der Schein der Lampe mischt sich schon mit dem ersten Morgendämmern zu einem trübseligen Licht, daß man zu fiebern glaubt. Dieses Fenster ist widerwärtig. Genoveva nimmt einen Anlauf: »Ich habe

Licht gesehen und bin hereingekommen«, mehr weiß sie nicht zu sagen.

»Ja, Genoveva, ich – ich blättere in meinen Büchern, sehen Sie . . .«

Die gehefteten Bücher, die umherliegen, geben allerlei Farbflecke, gelb, weiß, rot. Wie Blütenblätter, meint Genoveva. Bernis wartet, aber sie rührt sich nicht.

»Ich saß hier im Sessel und habe geträumt, habe hier ein Buch aufgeschlagen und dort eins, dabei meinte ich, alles gelesen zu haben.«

Er spielt ihr die Figur eines alten Mannes vor, um seine Unruhe zu verbergen. Und nun fragt er, so ruhig er kann: »Sie haben mir etwas zu sagen, Genoveva?«

Aber im Innersten denkt er: das ist ein Wunder der Liebe.

Genoveva kämpft gegen den einen Gedanken an: er weiß von nichts . . . Und schaut ihn erstaunt an. Dann sagt sie laut: »Ich bin gekommen . . .«, und streicht mit der Hand über die Stirne.

Die Fensterscheiben werden heller, das einströmende Licht gibt dem ganzen Zimmer eine Tönung, als wäre es ein Aquarium. Die Lampe will auslöschen, denkt Genoveva.

Plötzlich in der Angst ihres Herzens: »Jacques, Jacques, nehmen Sie mich mit!«

Bernis ist bleich geworden, er nimmt sie in seine Arme, als wollte er sie wiegen.

Genoveva schließt die Augen: »Sie nehmen mich mit . . .«

An seine Schultern gelehnt, fühlt sie die Zeit hinfliegen, und es tut nicht weh. Es ist fast eine Freude, auf alles zu verzichten: man läßt sich gehen, die Strömung reißt uns mit sich, es ist, als ob das eigene Leben dahinschwände, vorbei . . .

Und ganz laut träumt sie: »Und es tut nicht weh.«

Bernis streichelt ihr Gesicht. Sie hat eine Erinnerung: Fünf Jahre, fünf Jahre – und es ist erlaubt! Und denkt noch: Ich habe ihm so viel gegeben.

»Jacques, Jacques, mein Sohn ist tot ...

Sehen Sie, ich bin von daheim weggelaufen. Ich sehne mich so sehr nach Ruhe. Ich habe noch nicht begriffen und empfinde noch keinen Schmerz. Bin ich am Ende eine herzlose Frau? Die anderen weinen und möchten mich gerne trösten. Sie sind von ihrer eigenen Güte gerührt. Aber, siehst du ..., ich kann mich noch nicht recht erinnern.

Dir aber kann ich ja alles erzählen. Der Tod kommt inmitten einer großen Unordnung: Injektionen, Wundverbände, Telegramme. Wenn man einige Nächte hindurch nicht geschlafen hat, glaubt man immer zu träumen. Während der ärztlichen Konsultationen lehnt man den Kopf an die Wand, und der Kopf ist leer.

Und dann die Szenen mit meinem Mann – ein Albdruck! Heute, kurz vorher ... hat er mich am Handgelenk gefaßt, daß ich glaubte, er wollte es brechen. Nur wegen einer Injektion. Aber ich wußte wohl ..., es war noch nicht so weit. Dann sollte ich ihm verzeihen, aber das war doch ganz unwichtig. Ich antwortete: ›Ja ..., ja ... Aber laß mich zu meinem Sohn!‹ Aber er stellte sich vor die Tür: ›Verzeih mir –, ich muß deine Verzeihung haben!‹ Das war doch wirklich nur eine Laune. ›Schau, laß mich gehen! Ich verzeihe dir.‹ Und er: ›Ja, mit den Lippen, aber nicht mit dem Herzen.‹ So ging es fort, es war zum Verrücktwerden.

Aber es ist wahr: wenn alles zu Ende ist, fühlt man noch keinen wirklichen Schmerz. Fast ist man erstaunt über das Schweigen, die große Stille. Ich dachte – ich dachte: das Kind ruht aus. Sonst nichts. Es schien mir, als landete ich irgendwo im Morgengrauen und wüßte nicht, was ich jetzt zu tun hätte. Ich dachte nur: jetzt ist man ange-

kommen. Ich sah die Injektionsspritze daliegen, die Arzneiflaschen daneben, und sagte mir: das hat ja keinen Sinn mehr, – wir sind angekommen. Dann bin ich ohnmächtig umgefallen.«
Plötzlich wunderte sich Genoveva: »Es war doch ein toller Einfall, herzukommen!«
Sie fühlt, daß dort drüben das Morgenlicht eine gewaltige Unordnung offenbar macht. Ein kaltes, zerwühltes Bett, Tücher liegen da und dort auf den Möbeln, ein Stuhl ist umgeworfen. Sie muß sich beeilen, dieser Verwirrung aller Dinge zu steuern. Hier muß ein Sessel wieder an seinen Platz gerückt werden, dort eine Vase und ein Buch an die richtige Stelle zurück. Sie wird sich bemühen, umsonst bemühen, die Ordnung der Dinge wiederherzustellen, die das Leben umfrieden.

VI

Man war gekommen, um Beileidsbesuche zu machen. Die Menschen reden und bereiten unterdes ihre nächste Pose vor. Zuerst wühlen sie die trüben Erinnerungen in ihr auf, dann sind sie bemüht, sie wieder zu beruhigen, und es entsteht ein Schweigen, das so lastend ist ...
Genoveva hielt sich kerzengerade und sprach furchtlos die Worte aus, die von den anderen schonend umgangen wurden, auch das Wort »Tod«. Keiner sollte an ihr die Wirkung seiner Phrasen erkennen. Sie sah jedem voll ins Auge, damit niemand sie beobachten könne, aber sobald sie selbst die Blicke senkte ...
Und die anderen ... Da waren solche, die noch ruhigen Schrittes ins Vorzimmer kamen, dann aber so eilig das letzte Stück Wegs bis über die Türschwelle gingen, daß sie in der Umarmung fast das Gleichgewicht verloren. Zu denen sprach sie kein Wort, ihr Schmerz war wie er-

loschen. Und was jene umarmten, war nur ein verkrampftes Kind.

Ihr Mann spricht jetzt davon, das Haus zu verkaufen: »Die traurigen Erinerungen tun uns so weh!« Dabei lügt er, denn der Schmerz ist ihm fast etwas Angenehmes, aber er regt sich auf, und er liebt die großen Gesten. Heute abend fährt er nach Brüssel. Sie soll ihm nachkommen, aber: »Wenn Sie wüßten, in welcher Unordnung das ganze Haus ist . . .«

Ihr ganzes früheres Leben ist zerstört: ihr Zimmer, das sie mit so viel Liebe und Geduld zusammengestellt hat; die Möbel, die nicht von Menschenhand, nicht vom Antiquar gestellt wurden, nein, die die Zeit hergebracht hat. Diese Möbel richteten ja gar nicht ihr Zimmer ein, sondern ihr ganzes Leben. Da hat man nun diesen Sessel vom Kamin weit fortgeschoben, und jene Konsole von der Wand weggerückt, und nun stimmt dies alles nicht mehr zur Vergangenheit und zeigt sich zum erstenmal in nackter Einsamkeit.

»Und Sie wollen auch wieder fortfahren?« Sie sagt das mit einer kleinen Geste der Verzweiflung.

Alles um sie herum ist entzweigerissen. Es war also ein Kind, das ihre Welt zusammenhielt, um das diese ganze Welt sich ordnete? Ein Kind, dessen Tod einen solchen Zerfall für Genoveva bedeutete? Sie läßt sich gehen: »Ich leide so . . .«

Bernis sagt ihr leise: »Ich nehme Sie mit fort, Sie gehen mit mir. Erinnern Sie sich nicht: ich sagte Ihnen, daß ich einmal zurückkehren würde. Ich sagte Ihnen . . .« Und er nimmt sie in seine Arme. Genoveva biegt den Kopf ein wenig zurück, ihre Augen glänzen vor Tränen, und Bernis hält nur mehr ein kleines Mädchen in den Armen, ein kleines Mädchen, das weint.

Cap Juby, den ...:

Bernis, mein lieber Alter, heute geht ein Kurier. Das Flugzeug ist schon von Cisneros abgeflogen. Bald wird es hier sein und mitnehmen können, was ich dir vorzuwerfen habe. Ich habe viel über deine Briefe nachgedacht und über unsere gefangene Prinzessin. Gestern erst, als ich den Strand entlang ging, der so kahl und leer ist, den das Meer ewig bespült und wäscht, habe ich denken müssen, daß es mit uns ähnlich steht wie mit ihm. Ich weiß nicht recht, ob wir wirklich leben. Gewiß hast du manchmal abends, wenn die Sonne in gewaltigem Schauspiel unterging, gesehen, wie das spanische Fort sich in der leuchtenden Flut spiegelte. Aber dieser geheimnisvoll blaue Widerschein ist ja nicht das Fort selbst. Und von dieser Art ist dein Reich: nicht recht wirklich, nicht recht sicher ...
Aber – Genoveva mußt du leben lassen!

Ja, ich weiß, sie ist jetzt ganz verzweifelt. Immerhin, Tragödien sind nicht allzuhäufig in unserem Leben, das ja so wenig an Freundschaft, an Zärtlichkeit, an Liebe abzugeben hat. Und was immer du über Herlin sagen magst – ein Mann zählt nicht gar viel. Ich glaube, daß ... daß das Leben anderswo verankert ist.

Unsere Gebräuche, Konventionen und Gesetze, kurz, alle diese Dinge, deren Notwendigkeit du nicht recht fühlst und denen du dich entzogen hast, diese sind es, die dem Leben seinen Rahmen geben. Um bestehen zu können, brauchen wir um uns herum Tatsächliches, das wirklich haltbar ist. Mag es auch irrsinnig und ungerecht sein – das ist schließlich nur eine Rederei. Wenn du Genoveva entführst, nimmst du ihr Genoveva weg.

Und dann: weiß sie denn, was sie zum Leben braucht? Sie ahnt ja gar nicht, daß sie an einen gewissen Wohlstand gewöhnt ist. Geld ist etwas, das den Erwerb von Gütern ermöglicht, das uns ein Leben nach außenhin erlaubt; ihr

Leben aber ist innerlich. Wohlstand dagegen ist es, der die Dinge dauern macht. Er ist das unsichtbare, unterirdische Fluidum, das ein Jahrhundert lang die Mauern eines Hauses erhält und die alten Erinnerungen lebendig sein läßt: die Seele. Und du wirst ihr Leben entblößen, wie man eine Wohnung von den tausend Gegenständen entblößt, die man gar nicht mehr sah und die doch die Wohnung zu dem machten, was sie war.
Ich kann mir denken, daß für dich Lieben so viel bedeutet wie Geborenwerden. Du wirst glauben, eine neue Genoveva mit dir zu nehmen. Für dich ist Liebe jener Glanz, den du manchmal in ihren Augen aufleuchten sahst und den du leicht wieder zu erwecken meinst, als gälte es eine Lampe wieder anzuzünden. Und es ist ja wahr, daß in gewissen Augenblicken selbst die einfachsten Worte von solcher Macht getragen scheinen, daß es leicht wird, die Liebe lebendig zu erhalten.
Aber, da kann kein Zweifel sein: Leben ist etwas ganz anderes . . .«

VII

Genoveva empfindet es als unangenehm, den Vorhang, der hier hängt, den Sessel, der da steht, zu berühren: auch das leiseste Spüren ist wie ein Bewußtwerden von Grenzen, die ihr gesetzt sind. Bisher schien es ihr nur ein Spielen mit den Dingen, denn dies alles war so gefügig, es war da und verschwand wieder, sobald sie wollte, wie Verwandlungen im Theater. Sie hatte einen sicheren Geschmack und war nie versucht gewesen zu fragen, was es eigentlich mit diesem Perserteppich, mit jenem Stoff aus Jouy sei. Bisher hatten sie zum Gesamtbild des Zimmers gehört, ihres lieben Zimmers, jetzt aber fielen sie ihr auf.
Das tut nichts, dachte Genoveva, ich bin eben noch fremd in einem Leben, das nicht das meine ist. Sie ließ sich in

einem Lehnstuhl nieder und schloß die Augen. Es war nicht anders als im Abteil eines Schnellzuges: jede Sekunde, die verstreicht, wirft Häuser, Wälder, Dörfer hinter sich. Wenn man aber auf dem Lager die Augen aufschlägt, sieht man immer nur einen kupfernen Ring, immer den gleichen. Es geht eine Wandlung vor, und man weiß es nicht. »In acht Tagen werde ich die Augen auftun und ein neuer Mensch sein: er nimmt mich mit.«

»Was meinen Sie zu unserer Wohnung?«
Weshalb sie schon aufwecken? Sie sieht sich um und kann nicht in Worte fassen, was sie empfindet: dieser Umgebung fehlt es an Haltbarkeit, sie hat kein festes Gerüst ...
»Komm näher zu mir, Jacques, du, du lebst ...«
Ach, dieses Halbdunkel auf den Diwans und Tapeten der Junggesellenwohnung! Marokkanische Stoffe an den Wänden. Dies alles läßt sich in fünf Minuten aufhängen und wieder abnehmen.
»Weshalb bedecken Sie die Wände, Jacques, wollen Sie den Fingern nicht erlauben, die Mauern zu berühren ...?«
Sie liebt es, mit der flachen Hand den Stein zu berühren, weil er das Sicherste und Dauerhafteste am ganzen Haus ist, etwas, das einen lange tragen kann, wie ein Schiff ...
Er zeigt ihr seine Schätze: »Das sind Erinnerungen ...«
Sie begreift. Hat sie doch Kolonialoffiziere gekannt, die in Paris ein Gespensterdasein führten. Sie trafen sich auf den Boulevards und wunderten sich, daß sie noch am Leben waren. Irgendwie war, wo sie wohnten, immer noch ihr Haus in Saigon oder in Marrakesch wiederzuerkennen. Sie sprachen von Frauen, von Kameraden, von militärischen Beförderungen; aber all die Stoffe, die da hingen, waren vielleicht dort drüben die lebendige Wand gewesen, hier waren sie wie etwas Totes.

Sie griff nach einem Gegenstand aus dünnem Kupfer.
»Sie mögen meine Kleinigkeiten nicht?«
»Verzeihen Sie, Jacques, dies ist alles ein wenig . . .«
Sie wollte nicht sagen: »gewöhnlich«. Aber die Sicherheit ihres Geschmacks, die daher kam, daß sie immer nur einen wirklichen Cézanne gesehen und geliebt hatte, keine Kopie, und echte Möbelstücke, keine Nachahmungen, diese Sicherheit ließ sie seine Schätze unbewußt ablehnen. Sie war bereit, alles zu opfern, aus ganzem Herzen; ein Leben in einer weißgetünchten Zelle schien ihr durchaus erträglich, aber hier hatte sie das Gefühl, daß ein Teil ihres innersten Wesens sich bloßstellte. Nicht die Empfindlichkeit des Kindes reicher Eltern, nein, aber – es war wirklich sonderbar – ihr gerader Sinn. Bernis erriet ihre Verlegenheit, ohne sie recht zu verstehen.
»Genoveva, ich kann Ihnen nicht so viel Behaglichkeit bieten, ich bin nicht . . .«
»Aber Jacques, Sie sind verrückt! Was haben Sie nur geglaubt! Das ist mir ganz gleichgültig«, sie schmiegte sich an seine Brust –, »nur wäre mir statt Ihres Teppichs ein einfacher, gut gewachster Boden lieber. Lassen Sie mich nur machen . . .«
Sie stockte. Es war ihr eingefallen, daß die Einfachheit, nach der sie sich sehnte, ja einen viel größeren Luxus bedeutete und von jedem Gegenstand viel mehr verlangte, als diese Masken hier zu bieten hatten. Die Halle, in der sie als Kind gespielt hatte, die glänzenden Nußholzböden, die mächtigen Tische, die Jahrhunderte überdauern konnten, ohne zu altern und aus der Mode zu kommen . . .
Eine seltsame Traurigkeit war über sie gekommen. Es war nicht ein Zurücksehnen nach Reichtum und nach dem, was er zu geben vermag: sicherlich hatte sie weniger als Jacques das Überflüssige kennengelernt, aber es war ihr ganz klar, daß sie nun von Überflüssigem umgeben

sein würde. Und danach hatte sie kein Verlangen. Und jene Sicherheit der Dauer – die würde sie nicht mehr haben. Und sie dachte: einst dauerten die Dinge länger als ich; ich war von ihnen aufgenommen und begleitet, ich war sicher, daß sie mich immer umgeben und bewachen würden – jetzt aber, jetzt werde ich länger dauern als die Dinge.

Genoveva denkt weiter: Wenn ich aufs Land kam ... Sie sieht das Haus vor sich, das von mächtigen Linden umstanden ist, und ihr Blick bleibt zunächst an dem haften, was die größte Dauerhaftigkeit symbolisierte: am breiten steinernen Aufgang, der nach unten in den Erdboden überging.

Ja, dort ... Sie denkt an den Winter, der aus dem Wald ein dürres Gehölz macht und alle Konturen des Hauses freigibt. Als bekäme man das Knochengerüst der Welt zu sehen.

Genoveva schreitet dahin und pfeift nach den Hunden. Unter ihren Schritten rascheln die Blätter, aber sie weiß, daß nach all der Arbeit des Jätens und Wegräumens, die der Winter verrichtet, ein Frühling kommen muß, der die Lücken wieder füllen wird, der in den Ästen emporsteigt und die Knospen sprengt, um die Wölbung wieder neu zu schaffen, die grüne Wölbung, der die Tiefe des Wassers und sein Wellenschlag eignet.

Dort ist ihr Sohn nicht völlig aus dem Leben geschwunden. Wenn sie in die Vorratskammer geht, um die halbreifen Quitten zu wenden, ist er eben noch dagewesen, nun läuft er irgendwo – aber sag, mein lieber Kleiner, nach all dem Laufen und Tollen, wäre es nicht brav von dir, wenn du schlafen gingest? Dort kennt sie auch den Wink der Toten und fürchtet ihn nicht. Ein jeder von ihnen fügt seine Stille ins Stillsein des Hauses ein. Siehe,

du hebst die Augen vom Buch, du hältst den Atem an und spürst den Anruf – und alles ist wieder wie zuvor.
Sind sie verschwunden? Unter allen, die sich verändern, sind sie doch die einzigen, die dauern, die einzigen, deren letztes Angesicht so wahr gewesen, daß sie es nun und nimmermehr verleugnen können! »Jetzt werde ich diesem Manne folgen, und ich werde leiden und an ihm zweifeln.« Denn dieses ewigmenschliche Auf und Ab von Zärtlichsein und Zurückstoßen schien ihr sinnvoll nur bei denen, deren Lose schon gefallen waren.
Genoveva öffnet die Augen wieder: Bernis träumt vor sich hin.
»Jacques, du mußt mich beschützen! Wenn ich fortgehe, bin ich arm, ganz arm.«
Sie wird länger dauern als jenes Haus in Dakar, und länger als die Menschenmassen von Buenos Aires; überall in der Welt wird es etwas zu sehen und zu erleben geben, aber ohne eigentliche Notwendigkeit, und dies alles wird, wenn Bernis sich nicht stark genug erweist, kaum mehr Wirklichkeit haben, als was in Büchern steht ...
Er aber neigt sich zu ihr und spricht ihr freundlich zu. An dieses Bild, das er ihr bietet, und an seine Zärtlichkeit, die wie aus seligen Höhen kommt, möchte sie so gerne glauben können. Dieses Bild der Liebe will sie gern liebhaben, sie hat ja nichts anderes zu verteidigen als dies ferne Bild ...
Heute, am Abend, wenn die Stunde der Lust gekommen ist, wird sie ihr Gesicht in seine Schulter vergraben, und es wird eine ärmliche Zuflucht sein, wie wenn ein Tier sich verbirgt, um zu sterben.

VIII

»Wohin führen Sie mich denn? Weshalb bringen Sie mich hierher?«
»Dieses Hotel gefällt Ihnen nicht, Genoveva? Sollen wir weiterfahren?«
»Ja, fahren wir weiter . . .«, antwortete sie kleinlaut.
Die Scheinwerfer gaben wenig Licht. Mühsam war die Fahrt in die Nacht hinaus, die wie ein schwarzes Loch gähnte. Hin und wieder warf Bernis einen Seitenblick auf Genoveva: sie war sehr bleich. »Frieren Sie?«
»Ein wenig, aber das tut nichts. Ich vergaß, den Pelz mitzunehmen.«
War sie nicht ein recht vergeßliches kleines Mädchen? Sie mußte lächeln.
Jetzt begann es zu regnen. Verdammt! dachte Jacques, aber er dachte weiter: so sind wohl die Tore beschaffen, die zum irdischen Paradies führen.
In der Nähe von Sens mußte eine Zündkerze ausgewechselt werden. Bernis hatte nicht daran gedacht, die Taschenlampe mitzunehmen – wieder etwas vergessen! Im Regen mühte er sich mit einem Schlüssel, der nicht greifen wollte. »Wir hätten mit der Bahn fahren sollen«, murmelte er vor sich hin. Er hatte sich für den Wagen entschieden, weil er ihm die Freiheit zu versinnbildlichen schien — eine schöne Freiheit! Zudem hatte er auf dieser Flucht nichts als Kopflosigkeiten gemacht, und was hatte er alles vergessen!
»Gelingt es?« Genoveva war zu ihm getreten. Ihr war plötzlich zumute wie einer Gefangenen: ein Baum, und noch ein zweiter, als Schildwachen, dazwischen diese dumme kleine Hütte des Straßenwärters. Mein Gott, was war das doch für ein Einfall . . . Würde sie am Ende ewig hier leben müssen?

Die Arbeit war fertig, Bernis griff nach ihrer Hand: »Sie haben Fieber!« – Sie lächelte: »Ja, ich bin müde, ich möchte schlafen . . .«

»Weshalb sind Sie denn ausgestiegen? Es regnet ja.«

Der Motor arbeitete noch immer schlecht, er zog nur ruckweise an und ließ ein Klappern hören.

»Werden wir hinkommen, mein kleiner Jacques?« Sie wiederholte halb im Schlaf, halb fiebernd: »Werden wir hinkommen?«

»Ja, freilich mein Liebes, gleich sind wir in Sens.«

Genoveva seufzte. Was sie da versucht hatte, ging über ihre Kräfte. Nur wegen dieses Motors, der erstickte. Jeder einzelne Straßenbaum mußte mühsam herangeholt werden, einer nach dem anderen. Immer wieder von neuem.

Es wird nicht weitergehen, dachte Bernis, wir werden wieder stehenbleiben. Mit Schrecken sah er diesem Aufenthalt entgegen: er fürchtete das Schweigen der Landschaft, das allerlei schlummernde Gedanken weckte, und fürchtete das Starkwerden einer Macht, die im Aufsteigen begriffen war.

»Liebe kleine Genoveva, denken Sie nicht an diese Macht, denken Sie an später . . . Denken Sie an Spanien. Werden Sie gern in Spanien sein?«

Eine dünne Stimme antwortete, wie aus weiter Ferne: »Ja, Jacques, ich bin glücklich, aber – ich fürchte mich vor den Räubern.« Er sah ihr stilles Lächeln, und ihre Worte taten ihm weh, denn sie sagten ja nichts anderes als: diese Reise nach Spanien, dieses Zaubermärchen . . . Kein Vertrauen. Ein Heer ohne Vertrauen. Aber ein Heer ohne Vertrauen kann doch nicht siegen. »Genoveva, es ist diese Macht und dieser Regen, der uns alle Zuversicht nimmt.«

Plötzlich wurde ihm klar, daß diese Nacht einer hoffnungslosen Krankheit glich. Und den Krankheitsgeschmack spürte er geradezu im Munde. Es war wirklich eine Nacht ohne Hoffnung auf Morgenlicht. Bernis kämpfte gegen diese Erkenntnis an und wiederholte immer wieder: »Das Morgenlicht wäre ein Labsal, nur regnen, regnen soll es nicht ...« Es war da etwas Krankes, aber in ihnen selbst, doch war ihnen das nicht bewußt. Er meinte, es wäre die Erde, die in Fäulnis übergegangen, oder die Nacht, die krank geworden sei. So sehnte er den Morgen herbei, wie Schwerkranke, wenn sie sagen: »Wenn es hell wird, werde ich leichter atmen«, oder: »Wenn der Frühling kommt, werde ich wieder jung sein.«

»Genoveva, denken Sie doch an unser Haus dort drüben ...« Aber schon hatte er begriffen, daß er dies nicht hätte sagen dürfen: wie sollte Genoveva sich dieses Haus vorstellen können? »Ja, unser Haus«, wiederholte sie, wie um den Klang des Wortes zu erproben. Aber es schien ihr so ohne Wärme, so gehaltlos. Zugleich stürmten allerlei Gedanken auf sie ein, die ihr bisher fremd gewesen waren, die sich zu Worten verdichteten und ihr Angst machten.

Da Bernis keines der Hotels in Sens kannte, hielt er unter einem Straßenkandelaber an und schlug im Reiseführer nach. Die kümmerliche Gasflamme schuf unruhige Schatten und ließ auf einer weißfarbigen Mauer die verwaschene und entfärbte Aufschrift erkennen: »Fahrräder ...« Dieses Wort erschien Bernis als das trübseligste und gewöhnlichste, das er je gelesen hatte: Symbol eines dürftigen Lebens. Nun wollte ihm plötzlich so vieles dort drüben, in seinem eigenen Leben, dürftig erscheinen, und er hatte es doch vordem nie empfunden.

»He, Bürger, gib Feuer ...« Drei magere Burschen standen da und sahen ihn lachend an. »Diese Amerikaner finden ihren Weg nicht ...« Sie musterten Genoveva, aber Bernis brummte sie an: »Schaut, daß ihr weiterkommt!«

»Dein Mädel ist ganz nett. Aber du solltest die unsrige sehen, dort auf Nummer neunundzwanzig!«
Genoveva beugte sich zu ihm, ein wenig erschrocken: »Was sagen diese Leute? Ich bitte Sie, fahren Sie, fahren Sie weiter!«
»Aber Genoveva . . .« Bernis zwang sich zu schweigen. Er mußte nun endlich ein Hotel auftreiben. Diese angetrunkenen Burschen – das hatte ja nichts zu bedeuten. Dann aber fiel ihm ein, daß sie Fieber hatte und leidend war und daß er ihr diese Begegnung wohl hätte ersparen müssen. Und mit fast krankhafter Beharrlichkeit wiederholte er sich den Vorwurf, daß er sie in Häßliches hineingemengt hätte. Ja . . .
Das Hotel Globus war geschlossen. Alle diese kleinen Hotels hatten in der Nacht das Aussehen von Krämereien. Er klopfte lange am Tor, bis ein schläfriger Schritt sich näherte. Der Nachtportier öffnete nur einen Spalt: »Alles besetzt.«
»Ich bitte Sie, meine Frau ist leidend!« Aber schon hatte sich das Tor geschlossen, und der Schritt verhallte.
Hatte sich denn heute alles gegen sie verschworen?
»Was hat er gesagt?« fragte Genoveva. »Warum hat er gar nicht geantwortet?«
Bernis wollte schon den Mund auftun, um zu bemerken, daß sie sich ja nicht am Vendômeplatz befänden und daß diese kleinen Hotels, einmal satt und schläfrig geworden, auch richtig zu entschlummern pflegten; so sei es überall – aber er setzte sich, ohne ein Wort zu sagen. Auf seiner Stirn standen Schweißtropfen. Er warf den Wagen nicht an, sondern sah starr auf das nasse Pflaster, während ihm die Regentropfen an den Hals schlugen; er meinte, es mit der Trägheit der ganzen Erdkugel zu tun zu haben. Und wieder dieser dumme Gedanke: wenn erst der Morgen da ist . . .

Es war in diesem Augenblick wirklich notwendig, daß ein Wort fiel, in dem ein wenig Menschlichkeit mitschwang. Genoveva wollte es versuchen: »Das alles hat ja gar nichts zu bedeuten, mein Liebster. Wir müssen uns zu unserem Glück durcharbeiten.« Bernis warf ihr einen vollen Blick zu: »Ja, Sie sind sehr gut zu mir.« Er war gerührt und hätte sie gern umarmt; aber der Regen, die Unbequemlichkeit, die Ermüdung . . .! Doch griff er nach ihrer Hand und fühlte, daß das Fieber gestiegen war, jede Sekunde nagte an diesem Leben. Er beruhigte sich durch Vorstellungen. Ich werde ihr einen recht heißen Grog brauen lassen. Dann wird es gleich vorüber sein. Einen beruhigenden Grog. Mit Decken will ich sie umwickeln, und wir werden uns anschauen und über diese beschwerliche Reise lachen. Dabei empfand er sogar etwas wie ein Glücksgefühl. Freilich – der Augenblick selbst wollte wenig zu diesen Vorstellungen passen: zwei andere Hotels blieben verschlossen. Ja, diese Vorstellungen – jedesmal mußte man sie neu erwecken, und jedesmal verloren sie etwas von ihrer Überzeugungskraft und von ihrer schon so geringen Fähigkeit, lebendig zu werden.

Genoveva war verstummt. Bernis fühlte, daß sie nicht klagen, daß sie gar nichts mehr sagen würde. Er mußte weiterfahren, stunden-, ja tagelang – sie würde schweigen, immer nur schweigen. Und wenn er ihr den Arm verrenkte – sie würde nichts sagen . . . ›Ich bin anderswo, ich träume!‹

»Genoveva, mein liebes Kind, fühlen Sie sich schlecht?«

»Nein, gar nicht, es ist vorbei, mir ist besser.«

Sie hatte jetzt an vielen Zweifeln gelernt, auf vieles verzichtet. Für wen? Für ihn. Verzichtet auf Dinge, die er ihr nicht geben konnte. Das erhoffte Schönere, das war ein Aufschwung, dessen Kraft gebrochen war. Sie wird künftig mehr Ergebenheit zeigen. So wird sie zum Schöneren und immer Schöneren aufsteigen, indem sie auf das Glück verzichtet. Und wenn es ihr dann endlich ganz gut gehen wird ... ›Aber! Ich bin doch recht dumm: da träume ich wieder!‹

Hôtel de l'Espérance et d'Angleterre. Sonderpreise für Geschäftsreisende. – »Nehmen Sie meinen Arm, Genoveva ... Aber ja, ein Zimmer! Die Dame ist leidend! Rasch einen Grog, einen heißen Grog!« Sonderpreise für Geschäftsreisende. Weshalb klingt das so trübselig? »Setzen Sie sich doch, Sie werden sich bald erholen.« Warum will der Grog nicht kommen? Sonderpreise für Geschäftsreisende ...

Das alte Zimmermädchen ereiferte sich: »Hier, gnädige Frau. Die arme Dame – sie zittert ja und ist ganz blaß. Ich werde ihr eine Wärmflasche bringen. Nummer vierzehn, ein schönes, großes Zimmer. Will der Herr den Bogen ausfüllen!« Bernis nahm den fleckigen Federhalter und hielt inne: es war ihm zum Bewußtsein gekommen, daß sie verschiedene Namen trugen. Also mußte er Genoveva dem Wohlwollen des Personals anheimgeben ... ›Und das um meinetwillen! Geschmacklos!‹ Und wieder war es Genoveva, die ihm darüber hinweghalf.

»Schreib ›Liebende‹! Ist das nicht süß?«

Beide dachten sie an Paris, an das Aufsehen, und sahen schon allerlei erregte Gesichter. Etwas recht Schweres begann jetzt wohl für sie, aber sie hüteten sich, auch nur ein Wort darüber zu sagen, nur um einander nicht im gleichen Gedanken zu begegnen.

Doch wurde es Bernis klar, daß ja bisher nichts geschehen war, gar nichts; der Motor war schlapp geworden, es hatte ein bißchen geregnet, zehn Minuten waren verlorengegangen auf der Suche nach einem Hotel. Alle die ermüdenden Beschwerlichkeiten, die sie nach ihrer Meinung überwinden mußten, kamen ja nur aus ihnen selbst.

Genoveva hatte einen Kampf gegen sich selbst auszufechten, aber was sich da von ihr losreißen wollte, war so stark, daß sie selber schon wie zerrissen war.
Er nahm ihre Hände in die seinen, aber wiederum wußte er, daß ihm kein helfendes Wort zu Gebote stand.

Sie war eingeschlafen. Bernis dachte nicht an Liebe, aber er träumte wunderliches Zeug vor sich hin. Lauter Erinnerungen; und dann der brennende Docht in der Lampe; man muß sich beeilen, die Lampe wieder aufzufüllen, aber man muß auch die Flamme vor dem Wind schützen, der so stark weht.
Doch vor allem diese Losgelöstheit ... Er hätte lieber gesehen, wenn sie nach Gütern gestrebt hätte, von ihnen erfüllt wäre und nach ihnen verlangte, wie ein Kind, das Nahrung braucht. Dann hätte er, trotz seiner Armut, ihr vieles geben können. So aber war er arm und kniete vor diesem Kinde, das keinen Hunger hatte.

IX

»Nein, nichts ... Laß mich ... Ah, schon auf?«
Bernis war aufgestanden. Sein Schlaf war unruhig gewesen, er hatte die Arme bewegt wie ein Tauzieher oder wie ein Apostel, der uns die Seele aus dem Leib zieht. Nun ging er auf und ab, und jeder seiner Schritte war sinnvoll wie die Schritte eines Tänzers.
»Du, mein Liebes ...«
Da ging er nun auf und ab – es war eigentlich lächerlich.
Durch die Fenster drang, schmutziggrau, das erste Morgendämmern. Diese Nacht, war sie nicht etwas Tiefblaues gewesen, im Schein der Lampe durchsichtig wie ein Saphir? Diese Nacht hatte hinaufgereicht bis zu den Sternen.

Man konnte träumen und sich allerlei vorstellen, als säße man ganz vorn am Bug eines Schiffes.
Genoveva zieht die Knie empor, ihr Körper ist schlaff, sie muß an Brotteig denken, der schlecht aufgegangen ist. Das Herz schlägt zu rasch, es tut weh. Es ist wie im Eisenbahnwagen, wenn das Rütteln der Achsen im Takt die Fahrt begleitet. So schlägt ihr Herz. Da legt man die Stirn an die Scheibe. Draußen fließt die Landschaft: dunkle Wasser, die der Horizont verschluckt und in seinen Frieden hinübernimmt, und der Friede ist sanft wie der Tod.
Sie möchte dem Mann da zurufen: »Halt du mich fest!« Denn die Arme der Liebe halten dich gut, sie halten deine Gegenwart, deine Vergangenheit und deine Zukunft, die Arme der Liebe umfassen dich ganz . . .
»Nein, laß mich!«
Und Genoveva steht auf.

X

Der Entschluß, so überlegte Bernis, war von außen her an sie herangetreten. Alles war abgemacht worden, ohne daß ein Wort gefallen wäre. So war nun die Rückkehr scheinbar von Anfang an verabredet gewesen. Da Genoveva leidend war, kam eine Fortsetzung der Fahrt nicht in Frage. Man würde ja sehen. Ihre Abwesenheit war ganz kurz, Herlin nicht daheim, so konnte sich alles wieder schlichten. Bernis wunderte sich, daß die ganze Angelegenheit sich jetzt als so einfach erwies. Freilich wußte er, daß es sich in Wirklichkeit nicht so verhielt. Nur daß sie selbst handeln dürften, wie sie wollten.
Übrigens zweifelte er an sich selber. Es war ihm klar, daß er wieder einmal bildhaften Vorstellungen nachgegeben hatte. Aber aus welcher Tiefe kommen denn diese Bilder herauf? Heute morgen, kaum erwacht, hatte er sich beim Anblick der niedrigen, mißfarbenen Zimmerdecke diesen

Gedanken geholt: »Ihr Haus war ein Schiff, das Generationen trug, von einem Strand zum anderen. Das Reisen hat keinen Sinn, weder hier noch sonst, aber welche Sicherheit gewährt es, wenn man die Fahrkarte in Händen hat, wenn man seine Kabine hat und seinen eigenen Koffer aus gelbem Leder, wenn man so richtig eingeschifft ist . . .«
Er wußte noch nicht, ob er leiden müßte, weil er auf der schiefen Ebene glitt und weil die Zukunft an ihn herankam, ohne daß er selbst nach ihr zu greifen hatte. Wenn man sich gehen läßt, leidet man ja nicht. Selbst wer sich der Traurigkeit anheimgibt, leidet nicht mehr. Er aber würde später zu leiden haben, wenn er begänne, die einzelnen Bilder zu vergleichen. So wurde ihm bewußt, daß sie beide diesen zweiten Teil ihrer Rolle deshalb ohne Schwierigkeiten zu spielen verstanden, weil dies in ihrem Wesen irgendwie begründet war. Das alles überdachte er, während er einen Motor steuerte, der auch nicht recht vorwärts wollte. Aber man würde doch ankommen. Es ging eine schiefe Ebene hinab. Immer dieses Bild von der schiefen Ebene . . .

Als sie sich Fontainebleau näherten, empfand Genoveva Durst. Hier war jede Einzelheit der Landschaft ihnen wohlbekannt und ordnete sich von selbst ein. Es war beruhigend. Ein Rahmen, der etwas Selbstverständliches war und alles immer fester umspannte. In einer kleinen Schenke bot man ihnen Milch. Wozu sich beeilen? Genoveva trank die Milch langsam, schluckweise. Wirklich, wozu sich beeilen? Alles, was sich da begab, kam ja ganz selbstverständlich über sie: immer dieses Bild der Selbstverständlichkeit.

Sie war weich gestimmt und wußte ihm für vieles Dank. Ihre Beziehung zueinander war viel freier als gestern. Sie konnte lächeln und wies auf einen Vogel, der vor der Tür Krumen aufpickte. Ihre Züge schienen ihm einen neuen

Ausdruck zu haben, aber wo hatte er diesen Ausdruck schon gesehen? Vielleicht bei Reisenden, die ihr Leben in wenigen Sekunden aus unserem Leben wieder forträgt. Auf Bahnsteigen ist es so. Dieses Gesicht also konnte wieder lächeln und Leben zeigen, das aus unbekannten Tiefen kam.

Bernis hob wieder den Blick zu ihr. Er sah ihr Profil, sie saß vorgeneigt und schien zu träumen. Er fühlte, daß sie ihm entschwand, kaum daß sie den Kopf wandte.

Gewiß liebte sie ihn noch, aber von einem schwachen kleinen Mädchen darf man nicht zuviel verlangen. Er konnte nun freilich nicht etwa sagen: »Ich gebe Sie wieder frei« oder etwas ähnlich Unsinniges, aber er begann davon zu reden, was er in Zukunft tun würde. Und in das Leben, das er da aufbaute, hatte er sie nicht mit eingefangen. Sie war ihm dankbar und legte die kleine Hand auf seinen Arm: »Sie sind, Sie sind mein alles.« Das war die Wahrheit, aber er erkannte doch auch an diesen Worten, daß sie nicht füreinander geschaffen waren.

Eigenwillig war sie, und doch weich. Aber auch ganz nah daran, hart und grausam und ungerecht zu sein, ohne es zu wissen. Und immer bereit, um jeden Preis irgendein geheimnisvolles Gut zu verteidigen, in aller Ruhe und Weichheit.

Aber sie war auch nicht für Herlin geschaffen. Das war Bernis klar. Ihr Leben, das sie nun wieder aufnehmen wollte, hatte ihr ja nur Schweres gebracht. Wofür war sie nun eigentlich geschaffen? Sie schien nicht dem Leiden unterworfen.

Dann fuhren sie weiter. Bernis wandte den Kopf mehr zur Linken. Er war sich bewußt, daß auch er nicht litt, aber es war wohl etwas Animalisches in ihm verletzt: er fühlte, wie die Tränen aufstiegen, und wußte doch nicht, weshalb ihm das Weinen so nahe war.

In Paris gab es keine Spur von Aufsehen. Alles war unverändert.

XI

Wozu dies alles? Die Stadt umgab ihn wieder mit ihrem sinnlosen Wirbel. Er wußte wohl, daß aus diesem Durcheinander nichts Rechtes werden konnte. Langsam die Straße hinabschreitend, ließ er die fremde Masse der Entgegenkommenden an sich vorübergehen und dachte nur: »Ganz so, als wäre ich nicht da.« Bald würde er wieder zurückreisen müssen: es war gut so. Gewiß würde ihn die Arbeit in so materieller Weise zu binden wissen, daß sein Leben wieder Realität annehmen würde. Auch wußte er, daß der Alltag selbst unserem geringfügigsten Tun die Gewichtigkeit einer Tatsache verleiht und daß hierdurch jedes Erdenleid etwas von seiner Schwere einbüßt. Selbst die üblichen Pilotenwitze würden wieder erfrischend wirken. Das war sonderbar und doch nicht anders zu erwarten. Aber freilich – er hatte gar kein Interesse an sich selber.

Sein Weg führte just an Notre-Dame vorbei, er trat ein und war überrascht von der großen Zahl der Besucher. Er rettete sich zu einem Pfeiler und fragte sich, weshalb er überhaupt hergekommen war. Vielleicht deshalb, weil hier die Minuten doch zu etwas führten. Draußen führten sie ja zu gar nichts. Ja, das war es: draußen führten die Minuten zu gar nichts mehr. Auch empfand er das Bedürfnis, sich selbst zu erkennen, und war bereit, sich dem Glauben hinzugeben wie einem beliebigen anderen disziplinierten Denken. Er sagte sich: »Wenn ich eine Formel finde, die mein Ich ausdrückt, die mein Sein umspannt, wird sie für mich die Wahrheit bedeuten.« Dann aber fügte er lässig hinzu: »Und doch werde ich nicht daran glauben.« Und plötzlich wollte ihm scheinen, daß er hier wieder an einer Ausweichstelle angelangt sei und daß sein ganzes Leben sich in solchen Fluchtversuchen verbraucht habe. Nun erklangen die ersten Worte der Predigt, beunruhigend wie ein Signal zur Abfahrt.

»Das Himmelreich«, begann der Prediger, »das Himmelreich ...« Er stützte die Hände auf den breiten Rand der Kanzel und beugte sich über die Menge. Da saß sie dicht gedrängt, bereit, alles aufzunehmen, und verlangte nach Nahrung. Ihm aber fluteten Bilder zu voll unerhörter Eindringlichkeit. Er mußte an Fische denken, die in der Reuse gefangen waren, und fuhr ohne jeden Übergang fort: »Als der Fischer von Galiläa ...«
Er sprach weiter und fand lauter Worte, die ganze Züge von Erinnerungsbildern heraufführten, und diese Bilder waren nicht wieder zu bannen. Er fühlte, wie er Gewalt über die Menge zu üben begann und wie allmählich sein Schwung federnd wurde wie die Spur des Läufers im Sande. »O wüßtet ihr, wüßtet ihr, wieviel an Liebe ...« Er unterbrach sich und schöpfte Atem: die Gefühle, die ihn bestürmten, waren zu reich, um ihn den rechten Ausdruck finden zu lassen. Er begriff, daß auch die einfachsten, die abgebrauchtesten Worte ihm jetzt allzu sinnbeschwert erschienen und daß er sie nicht mehr von den anderen Worten scheiden konnte, von denen, die den richtigen Klang hatten. Das Licht der Kerzen gab seinem Antlitz eine wächserne Farbe. Er straffte sich steil empor, die Hände noch immer aufgestützt, die Stirn hoch erhoben. Und als seine Haltung sich weiter entspannte, ging eine Bewegung durch die Menge, wie ein Wellenschlag.
Nun strömten ihm die Worte zu, und er sprach. Sprach mit überraschender Sicherheit. Er fühlte in sich das Hochgefühl eines Athleten, der seine Kraft spürt. Gedanken flogen ihm zu, die sich außerhalb seiner selbst schon formten, während er einen Satz zu Ende sprach, als wären sie

eine Bürde, die man ihm reichte. Und im voraus fühlte er in seinem Geist das dunkle Aufsteigen des Bildes, in das er alsbald den geformten Gedanken legen würde, um ihn bildhaft in die versammelte Menge zu tragen.

Bernis hörte jetzt aufmerksam der Predigt zu.
»Ich bin die Quelle allen Lebens. Ich bin die Flut, die in euch eindringt, um euch zu erwecken, und die wieder zurückfließt. Ich bin das Leid, das in euch eingeht, um euere Herzen zu zerreißen, und das wieder zurückströmt. Ich bin die Liebe, die in euere Herzen einzieht und die in alle Ewigkeit währt.
Und ihr wollt mir Marcion und das vierte Evangelium entgegensetzen? Wollt mir von Textverfälschungen sprechen? Ihr möchtet eure armselige Menschenlogik gegen mich aufstellen, gegen mich, der ich über euch throne und euch von dieser Logik freimachen will!
Ihr Gefangenen, versteht mich doch! Ich mache euch frei von euerer Wissenschaft, von eurem Formelkram, von eueren Gesetzen, von der Sklaverei des Geistes, vom Determinismus, der härter ist als das blinde Schicksal. Ich bin die verwundbare Stelle an euerer Rüstung: ich bin das Leben.
Ihr habt den Gang der Gestirne bis ins Letzte erforscht, als eine Generation von Helden des Laboratoriums, aber ihr kennt das Gestirn nicht mehr. Es ist nur noch ein Kapitel in eueren Büchern, aber es ist für euch nicht mehr ein Licht, denn ihr wißt weniger von ihm als ein kleines Kind. Ihr habt alles entdeckt, bis zu den Gesetzen, die das Lieben der Menschen beherrschen, aber dieses Lieben selbst können alle euere Zeichen nicht einfangen: ihr wißt davon weniger als jedes junge Mädchen! Nun denn, so kommt zu mir! Diesen milden Glanz des Lichts, dieses Licht der Liebe, ich gebe es euch wieder. Ich knechte

euch nicht, nein, ich rette euch und mache euch frei von dem Menschen, der als erster den Fall einer Frucht errechnet und euch in diese Sklaverei gebracht hat. Meine Wohnung ist die einzige Pforte, die euch offen ist – was sollte aus euch werden, wenn ihr außerhalb bleiben müßtet? Was würde aus euch, jenseits meiner Wohnung, außerhalb dieses Schiffes, in dem der Ablauf der Stunden erst seinen vollen Sinn erhält, so wie der Ablauf des Meerwassers auf dem schimmernden Gebälk des Schiffsleibs. Dieser Ablauf des Meerwassers ist geräuschlos und still, aber er bringt das Schiff zu den fernen Inseln. Das ist der Ablauf des Meerwassers.
Kommt zu mir alle, denen die Tat, die zu nichts führt, bitter geworden ist.«
Kommt zu mir, ihr alle, denen der Gedanke, der nur zu Gesetzen führt, bitter geworden ist.«
Der Prediger spannte die Arme aus:
»Denn ich bin es, der euch aufnimmt. Ich habe die Sünden der Welt auf mich genommen. Ich habe ihr Leid getragen. Ich habe euere Schmerzen getragen, die Schmerzen von Tieren, die ihre Jungen verlieren müssen, habe euere unheilbaren Krankheiten auf mich genommen, und ihr habt die Erleichterung gefühlt. Aber dein Leid, du mein Volk der heutigen Zeit, ist ein Elend, das noch tiefer, noch unheilbarer ist, und dennoch werde ich es tragen, wie ich alles andere Leid getragen habe. Ich werde die schwersten Ketten tragen, die Ketten des Geistes.
Ich bin, der die Bürden der Welt auf sich nimmt.«
Der Mann auf der Kanzel erschien Bernis so hoffnungslos, weil er nicht danach schrie, daß ihm ein Zeichen gewährt würde, und weil er kein Zeichen offenbar machte. Nein, weil er immer sich selbst die Antwort gab.
»Ihr werdet die Kinder sein, die bei mir spielen. Kommt zu mir mit all den vergeblichen Bemühungen, die eueren

Alltag erschöpfen: ich werde ihnen einen Sinn geben, daß sie euere Herzen neu aufbauen, ich werde ihnen wieder Menschlichkeit geben.«

Das Wort dringt in die Menge ein. Aber Bernis hört es nicht mehr, er hört etwas, das in diesem Wort lebt und das wie ein Leitsatz immer wiederkehrt: ... wieder Menschlichkeit geben.

Das beunruhigt ihn.

»Ihr Liebenden von heutzutage, kommt zu mir, ich werde euerer trockenen, verzweifelten und grausamen Liebe Menschlichkeit geben.

Euerer Sucht nach dem Fleischlichen und der traurigen Umkehr davon – kommt zu mir, ich werde ihr Menschlichkeit geben ...«

Bernis empfand eine tiefe Benommenheit.

»... denn ich bin, der am Menschen sein Wohlgefallen hat ...«

Bernis ist ganz verzweifelt.

»Ich bin der einzige, der den Menschen zu sich selbst zurückführen kann.«

Der Priester verstummte. Erschöpft wandte er sich dem Hochaltar zu und betete zu Gott, zu dem Gott, den er verkündet hatte. Er fühlte sich gedemütigt, als hätte er alles hingegeben, als wäre seine körperliche Ermattung ein Gnadengeschenk. Und ohne es zu wissen, fühlte er sich eins mit Christus. Von neuem begann er, zum Altar gewandt, diesmal mit erschütternder Ruhe:

»Mein Vater, ich habe an sie geglaubt, darum habe ich mein Leben hingegeben ...«

Und indem er sich ein letztes Mal über die Menge beugte: »Denn ich liebe sie ...« Ein Zittern ging über seine Gestalt. Ein Schweigen folgte, das Bernis ungeheuer schien.

»Im Namen des Vaters ...«

Und Bernis dachte: Welche Verzweiflung! Wo ist das Bekenntnis des Glaubens? Ich habe dieses Bekenntnis nicht vernommen, aber ich habe einen Aufschrei voll Verzweiflung gehört.

Er ging hinaus. Gleich würden die Bogenlampen aufstrahlen. Bernis schritt am Ufer der Seine entlang. Die Bäume standen, von keinem Hauch bewegt; ihre Äste verschwammen in der Abenddämmerung. Bernis schritt weiter. In ihm war Ruhe eingekehrt, wie sie das Stillwerden des Tages bringt, daß wir meinen, wir hätten endlich die Lösung eines Problems gefunden.

Aber diese Dämmerung – nichts als ein recht theaterhafter, leinwandener Hintergrund, der schon oft gedient hat, wenn Kaiserreiche untergingen, wenn Schlachten zu Niederlagen wurden, wenn eine armselige Liebe am Erlöschen war, der auch morgen wieder dienen wird, wenn es andere Komödien gibt. Ein leinwandener Hintergrund, der uns beunruhigt, wenn der Abend still ist, wenn das Leben schleppend wird, denn wir wissen nicht, welches Drama sich abspielen will. O gäbe es etwas, das ihm Rettung brächte aus all der menschlichen Unrast . . .

Da flammten, alle mit einemmal, ringsum die Bogenlampen auf.

XII

Taxis. Autobusse. Ein namenloses Durcheinander – es ist gut, nicht wahr, Bernis, sich darin zu verlieren? Ein Dickwanst mitten auf dem Gehsteig – holla, mach Platz! Frauen, man sieht sie nur dies eine Mal im Leben: jetzt oder nie! Dort drüben Montmartre, da ist das Licht schon greller. Schon sind Mädchen da, die mitwollen. – Du lieber Gott, fort mit euch! – Dann wieder andere Frauen, sie steigen aus Luxusautos, die schön wie Juwelenschreine sind und den Menschen, auch wenn sie wenig Reiz haben, ein prächtiges Aussehen geben. Fünf Hunderttausender an Perlenschnüren, die ihnen bis zum Bauch hinunterhängen, und was für Ringe an den Händen! Dazu der matte Nachglanz der gepflegten Haut. Dort wieder ein erschrecktes Mädchen: »Laß mich, du! Ich weiß, wer du bist, ein Zuhälter! Mach dich fort! Laß mich vorbei, ich will leben!«

Da war eine Frau, sie saß vor ihm, beim Abendessen. Das Abendkleid ließ am Rücken einen tiefen, dreieckigen Ausschnitt frei. Er sieht nichts anderes als den Nacken, die Schultern und diesen blinden Rücken, auf dem er Schauer der Sinnlichkeit ahnt. Der Körper – dieses ewig neue, unergründliche Ding. Sie hatte sich eine Zigarette angesteckt, hielt das Kinn in die Hand gestützt, den Kopf vorgeneigt, so daß er nur mehr die leere Fläche des Rückens sah. Wie eine Mauer, dachte er.

Die Tänzerinnen begannen ihr Spiel. Ihr Schritt war elastisch, und die Seele der Tanzbewegungen lieh auch ihnen etwas Beseeltes. Bernis gefiel der Rhythmus, der ihnen Gleichgewicht gab, freilich ein schwankes Gleichgewicht, das sie dennoch stets mit erstaunlicher Sicherheit wiederfanden. Es ging eine stark sinnliche Wirkung von ihnen aus, wenn sie immer von neuem das Bild auflösten, das eben zur Form hatte werden wollen und das sie im Augenblick des Erstarrens, gleichsam an der Schwelle des Todes, noch einmal zu Bewegungen des Lebens auflokkerten. Es war der gleiche Ausdruck von Begehren.

Vor seinen Augen noch immer dieser geheimnisvolle Rücken, glatt wie der Spiegel aus Glas. Aber jede kaum wahrnehmbare Bewegung, vielleicht nur ein Gedanke oder eine Empfindung, ließ es wie einen Schatten über den ganzen Rücken gleiten. Und Bernis dachte: Mich lockt all dies Dunkle, das sich da bewegt.

Die Tänzerinnen verneigten sich, nachdem sie einige rätselhafte Zeichen in den Sand geschrieben und gleich wieder verwischt hatten. Bernis gab der leichtfüßigsten von ihnen einen leisen Wink.

»Du kannst gut tanzen.« Er maß das Gewicht ihrer Körperlichkeit, wie einer das Fleisch einer Frucht prüft, und fand mit Überraschung eine gewisse Erdenschwere. Das war ja Reichtum. Sie setzte sich zu ihm. Ihr Blick war ruhig, und der rasierte Nacken war fast wie ein kleiner Stiernacken und schien das Unbeweglichste dieses Körpers zu sein. Ihre Züge waren nicht fein zu nennen, aber der ganze Leib atmete Feinheit, es war eine friedliche Atmosphäre um sie. Dann aber bemerkte Bernis, daß ihr Haar stellenweise von Schweiß klebrig war. Unter der Schminke wurde eine Falte sichtbar. Und das Kleid war verknittert. Losgelöst von ihrem Element, dem Tanz, war sie ungelenk und fast entstellt.

»Woran denkst du?« Sie antwortete mit einer linkischen Geste. Alles, was sich ringsum tat, war nächtliches Treiben, begann irgendwie sinnvoll zu werden, das Treiben der Grooms, der Chauffeure, des Geschäftsführers. Sie alle taten ihren Dienst, der letztlich darin bestand, vor ihn, Bernis, diese Champagnerflasche hinzustellen und dieses müdgetanzte Mädchen hinzusetzen. Bernis nahm das Leben zwischen Kulissen wahr, die alles zum Beruf werden ließen. Da gibt es kein Laster, keine Tugend, keine unklare Gemütsbewegung, nur eine Arbeit, die so geschäftsmäßig geleistet wird und so neutral ist wie die Arbeit des Eisenbahnpersonals. Selbst der Tanz von vorhin, der die Gebärden bannte, um aus ihnen eine verständliche Sprache zu machen, konnte nur einem Fremden etwas sagen. Nur der Fremde konnte hier sozusagen einen Satzbau entdecken, den alle anderen längst schon verges-

sen hatten. So geht auch dem Musiker, der zum tausendsten Male dasselbe Stück spielt, der Sinn dieses Stückes verloren. Hier produzierten die Mädchen ihre Tanzschritte, zeigten ihre Mimik, alles im grellen Licht der Scheinwerfer, aber Gott weiß, was sie dabei für Bemerkungen machten. Da war die eine einzig mit ihrem Bein beschäftigt, das ihr weh tat, die andere mit einem Stelldichein, einem armseligen Stelldichein nach dem Tanz. Und die dritte überlegte: Ich bin hundert Franken schuldig, und die vierte dachte immer nur: Mir ist nicht wohl.
Schon fühlte Bernis, wie all sein Schwung sich verlor. Er sagte sich: »Du kannst mir nichts von all dem geben, was ich ersehne.« Und doch war seine Verlassenheit so quälend, daß er ihrer bedurft hätte.

XIII

Sie hat ein wenig Angst vor dem stillen Mann. In der Nacht, neben dem Schläfer, wenn sie erwacht, hat sie den Eindruck, als liege sie vergessen auf einsamem Strande.
»Nimm mich in deine Arme!«
Ja, sie hat auch Ausbrüche von Zärtlichkeit ... aber das fremde Leben in diesem Körper, die unbekannten Träume hinter dem felsenharten Stirnbein! Sie legt sich quer auf seine Brust und spürt den Atem des Mannes auf und ab wogen, und es ist wie das aufregende Erlebnis einer Überfahrt. Wenn sie das Ohr an seinen Leib legt und das harte Klopfen seines Herzens hört, diesen Gang eines Motors oder vielleicht das Pochen eines Meißels, hat sie die Empfindung von etwas, das davonfließt und nicht aufzuhalten ist. Und dann dieses Schweigen, wenn sie ihm ein Wort zugerufen hat, das ihn aus den Träumen weckt. Sie zählt die Sekunden zwischen ihrem Zuruf und seiner Antwort, wie man bei einem Gewitter zählt: eins ... zwei ...

drei ... Er ist jenseits von allem. Wenn er wieder die Augen geschlossen hat, greift sie nach seinem Kopf und hebt ihn ein wenig, wie den Kopf eines Toten, mit beiden Händen, als hielte sie einen Stein: »Mein Liebster, wie traurig ist doch das alles ...«

Geheimnisvoll ist so ein Reisegefährte.

Dann liegen sie der Länge nach nebeneinander und schweigen beide. Da spürt man, wie das Leben uns durchrinnt wie ein Fluß in schwindelerregender Schnelligkeit. Der Menschenleib – ein Ruderboot in voller Fahrt.

»Wieviel Uhr ist es?«

Man stellt die Zeit fest. Ist das nicht eine sonderbare Reise? O mein Liebster! Und sie klammert sich an ihn an, den Kopf zurückgebogen, mit offenem Haar, wie eine Ertrinkende, die gerettet wird. Eine Frau, die vom Schlaf oder von der Liebe wieder ins Leben zurückkehrt, eine wirre Locke, die an der Stirn klebt, die Züge wie verweht, eine Frau, aus den Wellen des Meeres gezogen.

»Wieviel Uhr ist es?«

Ja, warum denn? Die Stunden fliehen vorbei, wie in voller Fahrt die kleinen Provinzbahnhöfe fliehen – ein Uhr, zwei Uhr –, einer nach dem anderen nach rückwärts geworfen und schon verloren. Irgend etwas gleitet uns durch die Finger, und wir wissen es nicht zu halten. Altwerden, das ist doch gar nichts.

»Ich kann mir dich sehr gut vorstellen mit weißen Haaren, und ich bin deine würdige Freundin ...«

Altwerden ist wirklich gar nichts.

Aber diese verlorene Sekunde, dieses Schweigen, das sich in die Länge zieht, das ist es, was so müde macht.

»Erzähl mir von deinem Land.«

»Dort drüben ...«

Bernis weiß, daß das unmöglich ist. Städte, Meere, Heimatorte – das ist ja immer dasselbe. Nur manchmal eine flüchtige Vision, die man errät, ohne sie zu verstehen, und die man nicht wiedergeben kann.

Er legt die Hand an ihre Weiche, dort, wo der Leib am wenigsten bewehrt ist. Das Weib: bloß wie kein anderes lebendes Fleisch und leuchtend im zartesten Schimmer. Er denkt an das geheimnisvolle Leben, das diesen Leib beseelt, das ihn wärmt wie eine Sonne, wie ein inneres Klima. Bernis denkt nicht daran, daß sie zart oder schön ist, aber daß sie sich warm anfühlt. Warm wie ein Tier, lebendig. Und dieses Herz, das immerfort schlägt, das eine andere Quelle ist als die seine, eingeschlossen in einen anderen Leib.

Er muß an die Wollust denken, die ihn einige Augenblicke lang in ihren Bann geschlagen hat: an dieses tolle Tier, das seinen Bann ausübt und dann tot ist. Und jetzt ...

Jetzt flimmert der Sternenhimmel durch die Fensterscheiben. O Weib, wenn die Stunde der Liebe vorüber ist, bist du zerstört und deiner Krone beraubt, die da ist das Begehren des Mannes nach dir. Zurückgeworfen bist du bis zu den kalten Sternen. Die Landschaft des Herzens wechselt zu schnell ... Begierde, Zärtlichkeit, Feuersglut – dann wieder rein und kühl geworden, losgelöst vom eigenen Körper, gleichsam am Bug des Schiffes, das ins Meer zurück will.

XIV

Das Zimmer, zur Abreise in Ordnung gebracht, ist öde wie ein Bahnsteig. Bernis durchlebt vor der Abfahrt des Schnellzuges einsame Stunden in Paris. Er lehnt die Stirn gegen das Fenster und schaut der Menge zu, die draußen hin und her läuft. Er fühlt sich durch dieses Auf- und Abfluten wie fortgerückt von den Menschen. Jeder Mensch hat da eine bestimmte Absicht und ist in Eile. Beziehungen knüpfen sich an, aber sie werden sich außerhalb seiner Person abwickeln und lösen. Da geht eine Frau, kaum zwanzig Schritte hat sie zu machen, und schon ist sie aus dem Bild und aus der Zeit geschwunden. Diese ganze Menge war doch der lebendige Stoff, aus dem das Weinen heraufstieg und das Lachen quoll, und jetzt ist sie nichts anderes mehr als ein Volk von toten Menschen.

DRITTER TEIL

I

Europa und Afrika rüsteten, fast zur gleichen Minute, für die Nacht. Hier wie dort waren die letzten Stürme dieses unruhigen Tages im Abflauen begriffen. In Granada beruhigte sich alles wieder, in Malaga war der Sturm in Landregen übergegangen. Aber in einzelnen Wetterwinkeln zerrten die Ausläufer des Orkans an den Baumkronen, als wären sie Haare zum Schütteln.

Toulouse, Barcelona, Alicante, die den Kurier schon abgefertigt hatten, räumten das Material ein, ließen die Maschinen einfahren und sperrten die Flugzeughallen ab. In Malaga, wo die nächste Landung erst untertags zu erwarten war, brauchte man keine Beleuchtung vorzubereiten. Überdies dachte Bernis nicht an eine Zwischenlandung. Er würde gegen Tanger weiterfliegen, allerdings in sehr geringer Höhe. Auch würde er wieder einmal die Meerenge, kaum zwanzig Meter hoch, überfliegen müssen, ohne die afrikanische Küste zu sehen, nur nach der Magnetnadel orientiert. Ein ausgiebiger Westwind wühlte das Meer auf, daß die stürzenden Wogen weiß aufschäumten. Was an Schiffen vor Anker lag, arbeitete, den Bug in Windrichtung, mit aller Kraft, wie auf hoher See. Ostwärts verursachte der englische Felsen eine Depression, in die der Regen wie aus Kannen schüttete. Im Westen waren die Wolken um ein ganzes Stockwerk höher gelagert. Am jenseitigen Ufer lag Tanger im Dunst, und der Regen wusch die Stadt. Am Horizont standen mächtige

Haufenwolken. Aber gegen Larache war die Luft klar. Schon über Casablanca war freier Himmel. Festverankerte Segelboote markierten die Ufer, sie lagen da wie nach einer Schlacht. Nach dem Sturm, der alles aufgewühlt hatte, waren auf dem Meer nur mehr lange, regelmäßige Falten zu sehen, die in Fächerform auseinanderliefen. Die Felder waren vom tiefsten Grün, im Schein der untergehenden Sonne fast von der Farbe des Wassers. Da und dort kam von den regennassen Plätzen der Stadt wie ein Glanz herauf. Vor den Baracken des Kraftwerks standen die Mechaniker müßig und warteten. Ihre Kollegen in Agadir waren zum Essen in die Stadt gegangen, da sie noch vier Stunden frei waren. Die von Port-Étienne, von Saint-Louis und Dakar konnten ruhig schlafen.

Um acht Uhr abends gab Radio Malaga bekannt:
Kurier vorübergeflogen, ohne zu landen.
Und nun begann Casablanca probeweise zu beleuchten. Die Lichtreihe des Leuchtturms schnitt in roter Farbe ein schwarzes, dreieckiges Stück Nacht heraus. Stellenweise fehlte eine Lampe, es war wie eine Zahnlücke. Dann brachte ein zweiter Schalter die Landungsscheinwerfer in Tätigkeit. Sie gossen ihr Licht wie einen Milchstrahl ins Weite – es fehlte nur der Varietékünstler.

Ein Reflektor wurde gedreht. Das unsichtbare Strahlenbündel heftete sich auf einen regentriefenden Baum, daß er aufglänzte wie ein Kristallüster; dann auf eine weiße Hütte, die nun plötzlich bedeutungsvoll ins Blickfeld rückte, mit wechselnden Schatten, und gleich darauf schon verschüttet war. Endlich senkte sich die Lichtgarbe wieder und nahm ihren Platz ein, um dem Flugzeug eine weiße Bahn zu schaffen.
»Gut«, sagte der Kommandant, »ausschalten!«

Er ging in seine Kanzlei hinauf, sah den letzten Einlauf durch und ließ dann zerstreut den Blick auf dem Telefonapparat haften. Bald würde Rabat anrufen. Alles war bereit. Die Mechaniker saßen herum, auf Ölfässern und Kisten.

In Agadir kannte man sich nicht recht aus. Nach den dortigen Berechnungen mußte der Kurier Casablanca schon verlassen haben, und nun wurde der Himmel abgesucht. Zehnmal wurde der Abendstern für das Bordlicht des Flugzeugs gehalten, dann kam der Polarstern dran, der gerade im Norden aufgegangen war. Man wartete, um die Scheinwerfer aufflammen zu lassen, nur darauf, bis man den überzähligen Stern entdeckt hätte, der unter den Konstellationen umherirrte und seinen Platz nicht finden konnte.

Der Postenkommandant war betroffen. Würde er seinerseits die Weiterfahrt anordnen können? Südwärts war Nebel zu befürchten, wohl bis zum Flußlauf des Nun, vielleicht gar bis nach Juby, und dieses Juby blieb hartnäckig stumm, trotz aller Radioanrufe. Man konnte die »France-Amérique« doch nicht in die Nacht hinausjagen, ins Ungewisse! Und der Posten in der Sahara schien sein Geheimnis für sich behalten zu wollen.

Wir aber saßen in Juby, von aller Welt abgeschnitten, und sandten Notsignale aus, wie ein Schiff:

Mitteilt Nachricht Kurier, mitteilt ...

Aus Cisneros quälte man uns mit dunklen Fragen, aber wir gaben keine Antwort mehr. So riefen wir, von tausend zu tausend Kilometer, vergebliche Klagen in die Nacht hinaus.

Um 20 Uhr 50 hatte sich alles geklärt: Casablanca und Agadir konnten einander telefonisch verständigen, und auch unsere Radioverbindung klappte endlich. Casablanca sprach, und alles wurde bis nach Dakar weitergegeben.

Kurier abgeht 22 Uhr nach Agadir.
Von Agadir für Juby: Kurier eintrifft Agadir 0,30 stop. Ist Weiterflug zu euch möglich?
Von Juby für Agadir: Nebel. Tageslicht abwarten.
Von Juby für Cisneros, Port-Étienne, Dakar: Kurier nächtigt Agadir.

Der Pilot gab in Casablanca seine Unterschriften fürs Flugbuch. Das Lampenlicht machte ihn blinzeln. Vordem, auf der Fahrt, war immer nur so wenig in sein Blickfeld gefallen. Bernis war schon froh gewesen, wenn bisweilen der weiße Schaum der Wellen, die sich am Strande brechen, ihn geleitet hatte. Und jetzt, in der Kanzlei, was sah er nicht alles – Aktenregale, weißes Papier, handfeste Möbel. Das war doch eine massive Welt, die zeigte, was sie enthielt. Aber hinter der Türfüllung starrte die andere Welt, nächtlich und öde.

Sein Gesicht war gerötet vom Wind, der ihm zehn Stunden lang die Wangen gepeitscht hatte. Vom Haar rannen ihm Tropfen herab. Er war aus der Nacht gekommen wie ein Kanalräumer aus dem Tunnel mit den schweren Stiefeln, dem Lederrock, die Haare klebten auf seiner Stirn, und er mußte immerfort blinzeln. Er stockte im Schreiben: »Und – Sie haben die Absicht, mich weiterfliegen zu lassen?«

Der Postenchef ordnete die Blätter und brummte: »Sie werden tun, was man Ihnen sagen wird.«

Er wußte schon jetzt, daß er die Weiterfahrt nicht fordern würde, und der Pilot wußte, daß er seinerseits auf ihr bestehen würde. Aber jeder von ihnen wollte sich selber beweisen, daß er allein darüber zu befinden hätte.

»Sperren Sie mich in einen Wandschrank, und verlangen Sie von mir, daß ich mit verbundenen Augen einen Gashebel bediene und so das ganze Möbel nach Agadir bringe: ungefähr das verlangen Sie von mir.«

Er war ein viel zu innerlicher Mensch, um auch nur einen Augenblick an einen Unfall zu denken, der ihm persönlich widerfahren könnte: an derlei denkt nur, wer leer im Herzen ist; aber das Bild vom Wandschrank belustigte ihn. Es gab ja Unmögliches, aber er würde es doch fertigbringen.

Der Postenkommandant öffnete die Tür ein wenig, um seine Zigarette in die Nacht hinauszuwerfen.

»Na also, man sieht ja . . .«

»Was denn?«

»Man sieht Sterne.«

Der Pilot ereiferte sich: »Ich pfeife auf Ihre Sterne – ganze drei Sterne sind zu sehen. Sie schicken mich ja nicht auf den Mars, sondern nach Agadir.«

»Der Mond geht in einer Stunde auf.«

»Der Mond – der Mond . . .«

Dieser Mond reizte ihn noch mehr. Hatte er vorhin auf den Mond gewartet, um seine Nachtfahrt zu machen? War er noch ein Flugschüler?

»Also gut, einverstanden. Sie bleiben hier.«

Der Pilot war befriedigt, breitete die belegten Brote aus, die er am Abend mitgenommen hatte, und begann, friedlich zu kauen. In zwanzig Minuten würde er weiterfliegen. Der Kommandant lächelte und spielte mit dem Telefonhörer: er wußte schon, daß er binnen kurzem den Start zu melden haben würde.

Jetzt, da alles feststand, ergab sich plötzlich eine gewisse Leere. Es geschieht manchmal, daß die Zeit stillstehen will. Der Pilot saß unbeweglich auf seinem Stuhl, ein wenig vorgeneigt, die ölgeschwärzten Hände zwischen den Knien. Sein Auge haftete an einem Punkt, irgendwo, zwischen ihm und der Wand. Der Postenchef saß rittlings da, mit halboffenem Mund schien er auf ein geheimes Zeichen zu warten. Das Schreibfräulein gähnte, stützte das Kinn in die Hand und fühlte ein gewaltiges Schlafbedürfnis. Es war ein Augenblick lautlosen Ablaufens der Sanduhr. Ein Schrei, der aus der Ferne an ihr Ohr drang, gab das Stichwort, das den ganzen Mechanismus wieder zum Gehen brachte. Der Postenchef hob den Finger, der Pilot lächelte, richtete sich auf und tat einen Atemzug, als schöpfe er frische Luft.

»Ah! Adieu!«

So reißt manchmal ein Film ab. Der plötzliche Stillstand packt uns, mit jeder Sekunde wird die Unbeweglichkeit lastender, wie eine Ohnmacht – dann geht das Leben von neuem weiter.

Anfangs hatte Bernis nicht den Eindruck, aufzusteigen, sondern glaubte sich eingeschlossen in eine feuchte kalte Grotte, die unter dem Donner des Motors zitterte wie unter dem Anprall von Meereswogen. Dann schien ihm, daß ihn wenig oder gar nichts umgab. Bei Tag baut sich aus dem runden Rücken eines Hügels, aus der Strandlinie einer Bucht und dem blauen Himmel darüber eine Welt auf, die uns umfaßt; jetzt aber befand er sich außerhalb von allem, wie in einer Welt, die erst in Bildung begriffen war, deren Grundstoffe noch formlos durcheinanderlagen. Die Ebene zog sich weit hin, bald schwanden die letzten Städte, Mazagan, Safi, Mogador, die ihre Lichter wie aus Schaufenstern zu ihm heraufsandten. Dann noch die letzten beleuchteten Meierhöfe, gleichsam die letzten Bordlichter der Erde. Plötzlich war er wie erblindet.

»Schön! Jetzt kommt's ganz dick.«

Die Augen bald auf den Neigungs-, bald auf den Höhenmesser heftend, ließ er sich hinab, um aus der Wolke herauszukommen. Der schwache Schein einer roten elektrischen Birne blendete ihn. Er drehte sie ab.

»Schön! Jetzt bin ich wieder draußen, aber ich sehe gar nichts.«

Die ersten Höhen des Kleinen Atlas fliegen vorüber, unsichtbar, still, zwischen zwei Wasserflächen, als wären sie schwimmende Eisberge. Er konnte sie über seine Schulter weg erraten.

»Schön! Es geht wieder einmal recht schlecht.«

Er wandte sich um. Ein Mechaniker, der einzige Passagier, saß da, auf den Knien eine Taschenlampe, und las ein Buch. Nur sein geneigter Kopf leuchtete aus der Karosserie empor und warf seltsame Schatten. Dieser Kopf schien ihm fremdartig, von innen her beleuchtet, als wäre er eine Laterne. Er rief: »Hallo!« Aber seine Stimme wurde übertönt. So trommelte er mit der Faust auf einen Blechbeschlag, aber der Mann las ruhig weiter, und sein Kopf tauchte nach wie vor selbstleuchtend aus dem Dunkel auf. Wenn er ein Blatt umwandte, war sein Gesicht sekundenlang verzerrt. »Hallo!« rief Bernis noch einmal, vergeblich: nur zwei Armlängen von ihm entfernt, war dieser Mann dennoch unerreichbar, Bernis verzichtete endlich und wandte sich wieder nach vorn.

»Ich muß jetzt nah bei Cap Gir sein, aber hängen soll man mich, wenn . . . es geht heute wirklich sehr schlecht.«

Und nun überlegte er: »Ich bin wohl zu weit aufs Meer abgekommen. So stellte er mittels der Bussole den Flug wieder richtig. Es war sonderbar, wie er sich immerwährend nach rechts, gegen das Meer, hingedrängt fühlte, als ritte er eine scheue Stute und als übten wirklich von links her die Berge einen Druck aus.

»Es muß regnen.« Er streckte die Hand hinaus und spürte das peitschende Naß.

»Ich werde in zwanzig Minuten wieder landeinwärts fliegen, dann wird es eben vor mir sein — weniger Risiko.«

Aber nein, mit einem Schlag, welche Helligkeit! Der Himmel, von Wolken reingefegt, alle Sterne frischgewaschen, wie neu. Der Mond — der Mond, die beste aller Lampen!

Unten leuchtete der Flugplatz von Agadir in dreimaliger Schaltung auf, wie eine Leuchtreklame.

»Laßt euch heimgeigen mit euren Lichtern – ich habe den Mond!«

II

In Cap Juby brach der Tag an, aber das Bild, das sich bot, schien mir öde: eine Theaterdekoration ohne Schatten, ohne Hintergrund. Die Düne lag da wie immer, hier das spanische Fort, dort die Wüste. Was da fehlte, war jene leichte Bewegtheit, die, selbst beim ruhigsten Wetter, die Prärie und das Meer so reich macht. Nomaden, die mit ihren langsamen Karawanen einherzogen, konnten am Korn des Wüstensandes den Wechsel erkennen und am Abend in einer neuen Gegend ihr Zelt aufschlagen. Auch ich hätte die Unendlichkeit der Wüste empfunden, wenn ich mich nur ein wenig hätte entfernen können, aber diese unbewegliche Landschaft begrenzte die Vorstellung, wie ein Farbendruck.

Dem einen Brunnen entsprach, dreihundert Kilometer weiter, ein anderer Brunnen. Derselbe Brunnen, anscheinend auch derselbe Sand und dieselbe Bodenbeschaffenheit. Aber es war doch hier das Zusammenspiel der Dinge ein anderes. Eine Erneuerung, so wie der ewig gleiche Schaum der Meereswellen von Sekunde zu Sekunde sich erneut. Am zweiten Brunnen hätte ich mein Einsamsein wahrgenommen, am nächsten wäre mir die Wildnis eine wirklich geheimnisvolle Welt gewesen.

Der Tag verlief leer, von keinem Ereignis belebt, nichts als der astronomische Gang der Gestirne und, während einiger Stunden, nichts als der Leib der Erde, im Sonnenlicht gebadet. Hier verloren die Worte allmählich den Nimbus, den ihnen unser Menschentum verliehen hat. Sie enthielten nichts anderes mehr als Sand. Selbst die sinnbeschwertesten Worte wie »Zärtlichkeit«, »Liebe« fielen ohne Gewicht in unsere Seelen.

Um fünf Uhr von Agadir weggeflogen — du müßtest schon hier gelandet sein.

»Er ist um fünf Uhr von Agadir weggeflogen, also müßte er schon hier sein.«

»Ja, mein Lieber, gewiß ... aber wir haben Südwestwind.«

Der Himmel ist gelb. In wenigen Stunden wird dieser Wind eine Wüste umstürzen, die monatelang vom Nordwind geformt worden ist. Tage voller Unordnung: von rückwärts erfaßt, lassen die Dünen den Sand in langen Fahnen fortwehen, jede Düne rollt sich auf, um sich ein wenig weiter umzuformen.

Man horcht. Nein, es ist das Meer.

... Ein Kurier in Fahrt, das ist nichts. Zwischen Agadir und Cap Juby, in dieser unerforschten Wildnis, ist er ein Kamerad im Niemandsland. Aber bald schon wird an unserem Himmel ein unbeweglicher Punkt auftauchen.

Um fünf Uhr von Agadir weggeflogen ...

Soll man an ein Unglück denken? Ein Kurier, der steckengeblieben ist, das ist zunächst nichts als eine Wartezeit, die sich in die Länge zieht, ist nur ein Gespräch, das ein wenig erregt wird und dann abflaut. Aber nun wird die Zeit gar zu breit, und die kleinen Bewegungen, die abgerissenen Sätze wollen sie nicht recht ausfüllen ...

Jählings aber fällt ein Faustschlag auf den Tisch, und der Ausruf: »Mein Gott, zehn Uhr —!« strafft jeden von uns: ein Kamerad im Bereich der Mauren!

Der Funker spricht mit Las Palmas. Der Dieselmotor schnauft vernehmlich, und der Alkmotor brummt wie eine Turbine. Der Mann hat den Blick auf das Amperemeter gerichtet, das jede Veränderung anzeigt.

Ich stehe daneben und warte. Der Mann streckt die Linke überkreuz nach mir aus und hantiert mit der Rechten weiter. Er schreit mir zu: »Was?« Ich hatte nichts gesagt. Kaum zwanzig Sekunden, und er schreit wieder, ich rufe: »Ah ja?« Rings um mich leuchtet es hell: durch die halboffenen Fensterläden fällt ein Sonnenstrahl, und die Pleuel des Dieselmotors geben feuchte Blitze von sich, die sich mit dem Sonnenlicht vermengen.

Endlich wendet sich der Funker jäh zu mir und nimmt die Haube ab. Der Motor spuckt, dann wird es still. Ich höre nur mehr die letzten Worte, die der Mann mir zubrüllt, als stünde ich hundert Meter weit: ». . . ist ihnen ganz egal!«

»Wem?«

»Denen dort.«

»So! Können Sie Agadir haben?«

»Es ist nicht die richtige Zeit.«

»Versuchen Sie es doch.«

Ich kritzle auf einen Notizblock:

Kurier nicht eingetroffen. Ist der Start mißlungen? Stop. Noch einmal Abfahrtszeit geben.

»Sagen Sie ihnen das!«

»Gut, ich rufe an.«

Und das Getümmel ist wieder da.

»Nun?«

». . . duld!«

Ich bin zerstreut und träume; er meinte: »Geduld!« – Wer mag wohl den Kurier steuern? Bist du es, Jacques Bernis, der so aus dem Raum, aus der Zeit fällt?

Der Funker bittet um Stille . . . und setzt seine Haube auf. Er klopft mit dem Bleistift auf den Tisch, sieht nach der Uhr und gähnt. Dann fragt er: »Flugzeug in Not? Und weshalb?«

»Wie soll ich das wissen?«

»Ja, freilich . . . Jetzt . . . nein, Agadir hat nicht gehört.«
»Versuchen Sie wieder.«
»Ja.«
Und der Motor brummt von neuem.

Agadir schweigt noch immer. Wir horchen jetzt nur auf diese Stimme. Wenn von dort mit einer anderen Station gesprochen wird, werden wir uns in diese Unterhaltung einschalten.

Ich setze mich wieder. Zufällig greife ich nach einem Hörer, und schon bin ich mitten im Taubenschlag, mitten in all den vielen Vogelstimmen.

Lange, kurze Töne, Triller, zu rasch vibrierend – ich kenne mich in dem Gemengsel nicht aus: wie viele Stimmen gibt es doch in diesem Himmel, den ich so still und leer glaubte!

Drei Stationen sprechen . . . eine verstummt, eine andere tritt auf den Plan.

»Das? Das ist Bordeaux . . .«

Eine Koloratur, scharf, eilig, aber weit entfernt, dann eine tiefere, ruhigere Stimme:

»Was ist das?«

»Das ist Dakar.«

Ein trauriges Stimmchen. Es verstummt, ertönt wieder, schweigt und beginnt von neuem.

». . . Barcelona ruft London an, aber London antwortet nicht.«

Assissi ist zu hören, irgendwo, ganz weit, und erzählt leise irgendwas.

Welches Stelldichein mitten in der Sahara! Ganz Europa hat sich versammelt, seine Hauptstädte tauschen mit ihren Vogelstimmen Vertraulichkeiten aus.

Jetzt rollt es nahe und vernehmlich. Schon bringt der Trennschärfer die anderen Stimmen zum Schweigen.

»War das Agadir?«
»Agadir.«

Der Funker, den Blick immer noch, Gott weiß warum, auf die Uhr gerichtet, ruft wiederholt an.
»Hören Sie es?«
»Nein, aber Agadir spricht mit Casablanca, da wird man etwas erfahren.«
In aller Stille fangen wir die Geheimnisse der Engel ab. Der Bleistift zögert, senkt sich rasch aufs Papier, wirft einen Buchstaben hin, dann zwei, dann zehn, ganz schnell. Worte bilden sich, sie brechen auf wie Blüten.
»Avis für Casablanca ...«
Herr Gott! Teneriffa überschreit Agadir! Eine gewaltige Stimme füllt dröhnend die Hörer. Aber jetzt ist sie wieder still.
... landet sechs Uhr dreißig. Wieder abgeflogen um ...
Und wieder überrumpelt uns Teneriffa, dieser Eindringling.
Aber ich weiß genug. Um 6 Uhr 30 ist der Kurier nach Agadir zurückgekehrt – Nebel? Oder ein Motordefekt? – Und ist offenbar erst um sieben Uhr weitergeflogen ... Also nicht überfällig.
»Danke.«

III

Jacques Bernis, diesmal will ich vor deiner Ankunft ein wenig entschleiern, wer du bist. Du, den seit gestern die Radios genau verfolgen, der hier die vorschriftsmäßigen zwanzig Minuten verbringen wird, für den ich eine Konservenbüchse aufmachen und eine Flasche Wein entkorken werde, der mit uns weder von der Liebe reden wird noch vom Tode, von keinem der wirklichen Probleme,

aber von der Windrichtung, von der Bewölkung des Himmels und von seinem Motor. Der, der über das Witzwort eines Mechanikers lachen, über die Hitze klagen wird und nichts anderes ist als irgendeiner von uns.
Ich werde sagen, welche Reise du eigentlich zu tun im Begriff bist. Wie du hinter alles Scheinbare schaust und weshalb die Schritte, die du neben uns gehst, doch nicht die unseren sind. Aus gleicher Jugend sind wir beide groß geworden. Und plötzlich ist mir, als sähe ich vor mir diese alte Mauer, verfallen und dicht mit Efeu bewachsen. Wir waren muntere Kinder: »Warum hast du Angst? Mach doch die Tür auf . . .!«
Eine alte Mauer, verfallen und von Efeu überwuchert. Ausgedörrt, wie verbrannt von der Sonne, sie steht in der vollsten Wirklichkeit. Zwischen den Blättern raschelten Eidechsen, wir aber nannten sie Schlangen, weil wir schon damals, wenngleich nur im Abbild, jene Flucht liebten, den Tod. Hier war jeder Stein heiß, wie ein angebrütetes Ei. Jedes Krümchen Erde, jedes dünne Ästchen war sonnenbeschienen und hatte kein Geheimnis mehr. Auf dieser Seite der Mauer herrschte in allem Reichtum, in aller Fülle der ländliche Sommer. Wir sahen von hier einen Glockenturm und hörten eine Dreschmaschine arbeiten. Wohin die Blicke gingen, war blauer Himmel: die Bauern mähten das Korn, der Pfarrer schwefelte die Weinstöcke, zu Hause, im Wohnzimmer, spielten die Eltern Bridge. Wir pflegten alle, die schon seit sechzig Jahren diesen Erdenwinkel bewohnten, die von der Geburt bis zum Tode diese glutende Sonne, die Kornfelder, das Haus als ihr Eigen betrachteten, wir pflegten diese Generation das »Wachbataillon« zu nennen. Aber wir sahen uns selbst immer auf der kleinsten, gefährdetsten der Inseln, zwischen zwei gewaltigen Ozeanen, zwischen der Vergangenheit und der Zukunft.

»Dreh doch den Schlüssel . . .!« Es war den Kindern untersagt, die kleine Tür zu öffnen, die grün war, von der verschmierten Farbe eines alten grünen Kahns, es war verboten, ihr mächtiges Schloß zu berühren, das von der Zeit angerostet war wie ein alter Schiffsanker.
Offenbar war man unsertwegen auf der Hut wegen der offenen Zisterne und in Angst, daß ein Kind im Teich ertrinken könnte. Denn hinter jener Tür war eine stille Wasserfläche, die, wie wir vermeinten, seit tausend Jahren reglos lag und an die wir immer dachten, wenn von totem Wasser die Rede war. Winzige runde Blättchen deckten sie mit grünem Gespinst, und wir warfen Steine hinein, die ein Loch in die grüne Fläche rissen.
Es war so kühl unter dem dichten Geäst der alten Bäume, die das Vollgewicht der Sonne trugen. Nie hatte ein Sonnenstrahl den zarten Rasen des Uferdammes vergilbt, nie jenes grüne Wassergespinst berührt. Der Kieselstein, den wir hineingeworfen, begann nun seinen Lauf, wie ein Gestirn – denn für uns war dieses Gewässer von unergründlicher Tiefe.
»Setzen wir uns . . .« Kein Lärm drang bis zu uns. Wir genossen die Kühle, den Duft, die Feuchtigkeit, die unsere Körper wie mit neuem Leben erfüllte. Fortgetragen waren wir bis an die letzten Grenzen der Erde, und wir wußten ja, daß Reisen vor allem die Erfüllung mit neuem Leben bedeutet.
»Hier sieht man alles von der falschen Seite . . .«
Die falsche Seite dieser Sommerzeit war ihrer selbst so sicher, so sicher der Landschaft und all der Gesichter ringsum, die uns in Gefangenschaft hielten. Wir haßten diese uns aufgezwungene Welt. Wenn es Zeit zum Abendessen wurde, gingen wir nach Hause, von Geheimnis beschwert, wie die indischen Taucher, die an Perlen rühren durften. Und im Augenblick, da die Sonne versinken will

und der tiefe Himmel sich rosenrot färbt, hörten wir Worte, die uns weh tun mußten:

»Die Tage werden länger . . .«

Da fühlten wir uns wieder eingefangen in den engen Kehrreim, eingeschlossen in das Leben, das nach Jahreszeiten berechnet wird, das Ferien bringt und Hochzeiten und Todesfälle: all das müßige Treiben der Oberfläche.

Fliehen – das war das Richtige. Mit zehn Jahren fanden wir unsere Zuflucht im Gebälk des Dachbodens. Tote Vögel, alte Koffer mit geborstenen Wänden, sonderbare Kleidungsstücke: sozusagen Kulissen des Lebens. Und dann der Schatz, den wir da versteckt wähnten, der Schatz der alten Häuser, ganz wie er im Zaubermärchen vorkommt: Saphire, Opale, Diamanten. Der Schatz, von dem ein stilles Leuchten ausgeht und der jeder Mauer, jedem Balken erst den wahren Sinn gibt. Diese mächtigen Balken, die das Haus gegen Gott weiß was verteidigten. Ja freilich, gegen die Zeit. Denn das war für uns der große Feind. Man wehrte sich gegen ihn durch die Traditionen, durch den Kult der Vergangenheit, durch die mächtigen Balken. Aber nur wir allein wußten, daß dieses Haus wie ein Schiff ins Weite ausgesandt war. Wir allein stiegen hinab bis in den Kiel und in die tiefsten Kojen, nur wir wußten, wo das Wasser eindrang. Wir kannten die Fugen im Dach, wo die Vögel einschlüpften, um zu sterben, und wußten, wo es Risse im Gebälk gab. Unten, in den Zimmern, saßen die Gäste und tanzten schöne Frauen. Welche trügerische Sicherheit! Gewiß wurden da Schnäpse angeboten, schwarz livrierte Diener gingen umher und hatten weiße Handschuhe an. Ja, die Passagiere! Wir aber, hoch oben, wir sahen die blaue Nacht durch den Spalt im Dach hereinfluten. Ein winziger Spalt: nur eben ein einziger Stern blinkte zu uns nieder, ein einziger vom ganzen Firmament, der sich für uns verklärte. Und das war der

Stern, der die Menschen krank macht. Da wandten wir uns ab: es war der Stern, der den Tod bringt.
Jäh schraken wir auf: es arbeitete dumpf in den Dingen um uns, die den zersplitternden Balken einer Schatzkammer ähnelten. Bei jedem Krach untersuchten wir das Holz. Alles war ja wie reife Ähren, bereit, das Korn herzugeben, oder wie von alter Rinde umkleidet, unter der ganz gewiß etwas anderes steckte. Und wäre es nur jener Stern, dieser kleine, harte Diamant. Eines Tages werden wir ihn suchen gehen, im Norden oder im Süden, oder vielleicht in uns selbst. Fliehen!
Der Stern, der den Schlaf bringt, verschwand, der Dachschiefer deckte dieses Wahrzeichen aller Helligkeit. So stiegen wir denn hinab in unser Zimmer und nahmen auf die große Reise, die man Halbschlaf nennt, unser Wissen um eine Welt mit, wo der geheimnisvolle Stern ohne Ende ins Wasser fällt, wie im Himmelsraum die Lichtfäden herabzucken, die tausend Jahre brauchen, um bis zu uns zu gelangen; wo das Haus, das im Wind ächzt, bedroht ist wie ein Schiff; wo die Dinge, eins ums andere, sich auftun müssen, bedrängt von der dunklen Gewalt des Schatzes.

»Setz dich her! Ich habe gemeint, du seist in Flugnot. Trink doch! In Flugnot, und ich war drauf und dran, dich zu suchen. Du siehst, das Flugzeug ist schon startbereit. Die Ait-Tusse haben die Izargin angegriffen, und ich glaubte, du wärst in dieses Getümmel gefallen. Ich war besorgt. Trink! Was willst du essen?«
»Laß mich weiterfahren.«
»Du hast noch fünf Minuten Zeit. Schau mir ins Gesicht! Was ist mit Genoveva? Warum lächelst du?«
»Nein, nichts. Vorhin, im Flugzeug, ist mir ein altes Lied eingefallen, und ich habe mich auf einmal so jung gefühlt.«

»Und Genoveva?«
»Ich weiß nicht – laß mich weiterfahren.«
»Jacques, gib mir Antwort: hast du sie wiedergesehen?«
»Ja ...« Er hielt inne. »Auf der Fahrt nach Toulouse habe ich den Umweg gemacht, um sie noch einmal zu sehen ...«
Und nun erzählte mir Jacques Bernis sein Abenteuer.

IV

Es war nicht ein kleiner Provinzbahnhof, nein, es war eine heimliche Tür, die scheinbar nur aufs freie Feld führte. An einem gemütlichen Mann vorbei, der die Karten kontrollierte, kam man auf die weiße Landstraße, die nichts Geheimnisvolles hatte. Daneben ein kleiner Bach und Heckenrosen. Der Stationsvorsteher pflegte seine Blumenstöcke, der Bahnarbeiter schob einen leeren Karren umher. Unter diesen Verkleidungen wirkten drei Hüter einer geheimen Welt.
Der Kontrollmann tippte auf die Fahrkarte: »Sie fahren von Paris nach Toulouse. Warum steigen Sie hier aus?«
»Ich will mit dem nächsten Zug weiterfahren.«
Der Mann betrachtete ihn kurz. Vielleicht zögerte er, ihm dies alles auszuliefern, nicht die Landstraße, mit dem Bach und den Heckenrosen, aber jenes Königreich, das seit Merlins Zeiten uns hinter dem Anschein aller Dinge lockt. Offenbar erkannte er an Bernis die drei Tugenden des Orpheus, die zu solcher Reise berechtigen: den Mut, die Jugend, die Liebe. »Bitte«, sagte er.
Die Schnellzüge rasten an diesem Bahnhof vorüber, der nur als Attrappe dastand, wie jene kleinen Zauberbars, mit ihren falschen Kellnern, falschen Musikern und dem falschen Barmann. Schon im Personenzug hatte Bernis das Gefühl gehabt, daß sein Leben sich verlangsamte und

einen anderen Sinn bekam. Jetzt, da er im Wägelchen saß, neben dem Bauern, der es lenkte, entfernte er sich noch mehr von uns. Er drang ins Geheimnis ein. Der Mann neben ihm, dessen Gesicht schon mit dreißig Jahren so viele Runzeln trug, daß das Alter ihm nichts mehr anhaben würde, wies auf ein Feld: »Das wächst schnell.«

O dieses Eilende, das uns unsichtbar bleibt, dieser Drang des Getreides auf die Sonne zu!

Und noch um vieles weiter ließ Bernis uns, die Unruhvollen, die Armseligen, zurück, als der Bauer auf eine Mauer zeigte: »Das war der Großvater meines Großvaters, der sie gebaut hat.«

Bernis rührte schon an eine ewige Mauer, hinter der ein ewiger Baum stand, und er erriet, daß er angekommen war.

»Da ist das Grundstück. Soll ich auf Sie warten?«

Märchenreich, das unter dem tiefen Wasser schlummert: hier wird Bernis hundert Jahre sein und doch kaum eine Stunde älter werden.

Am gleichen Abend noch wird ihm das Wägelchen, der Personenzug, endlich der Expreß wieder zur Flucht verhelfen, die uns in die Welt zurückführen muß, seit den Tagen, da Orpheus' Leier erklang und die ersten Märchen erzählt wurden. Er wird wieder ein Reisender sein wie die anderen auch, auf der Fahrt nach Toulouse begriffen, die blasse Wange an die Fensterscheibe gelehnt. Aber er wird in der Tiefe seines Herzens eine Erinnerung hüten, die nicht in Worte zu fassen ist, – wer weiß die Farbe des Mondes, wer die Tönung der Zeit . . .

Sonderbarer Besuch: keine Stimme erhob sich, keine Überraschung gab sich kund. Nur ein dumpfes Rollen von der Landstraße her. Bernis sprang über die Hecke, wie er einst getan. Auf den Kieswegen wuchs Gras – ja,

das war der einzige Unterschied. Das Haus schimmerte weiß zwischen den Bäumen, aber wie im Traum gesehen und wie in unerreichbarer Ferne. Sollte es nur eine Spiegelung sein, im Augenblick, da das Ziel so nahe ist? Er stieg die breiten Steinstufen der Freitreppe hinan. Sie war ein Bau, zu realem Bedarf errichtet, aber von leichter, sicherer Linienführung. Hier ist gar nichts vorgetäuscht. Die Halle war dunkel, ein weißer Hut lag auf einem Stuhl – war es der ihre? Eine angenehme Unordnung nach einem Aufbruch, aber jene vernünftige Unordnung, die Anwesenheit verrät und noch Bewegung erkennen läßt. Ein Stuhl, nur ganz wenig verschoben: man war aufgestanden und hatte sich dabei auf den Tisch gestützt – die Gebärde war zu sehen. Ein geöffnetes Buch – wer hatte es wohl beim Fortgehen liegen lassen? Und weshalb? Vielleicht klang noch der letzte Satz in der Seele eines Menschen nach.
Bernis mußte lächeln, er dachte an die tausend kleinen Arbeiten und Mühseligkeiten, die ein Haushalt mit sich bringt. Den ganzen Tag schritt man auf und ab und sorgte stets für die gleichen Bedürfnisse, steuerte immer wieder derselben Unordnung. Da war alles Dramatische gar so unwichtig: man brauchte nur als Reisender, als Fremder herzukommen, um darüber lächeln zu müssen . . .
Freilich, dachte er, der Abend kam hier immer heran, wie anderwärts ein ganzes Jahr herumgeht, es war ein richtiger Kreislauf. Der nächste Morgen, das hieß, das Leben neu beginnen. Und nun bewegte man sich dem Abend zu. Dann aber hatte man auch für gar nichts mehr zu sorgen: die Fensterläden waren geschlossen, die Bücher in ihre Reihe zurückgestellt und die Kamingitter gesichert. Der Friede, den dies alles brachte, war wie etwas Ewiges, er schmeckte sozusagen danach. Meine Nächte aber, die sind weniger noch als kurze Atempausen . . .

Bernis setzte sich nieder, jedes Geräusch vermeidend. Er wagte es nicht, sich bemerkbar zu machen; alles schien so still, so in Ordnung zu sein. Ein Fenstervorhang, der sorgsam herabgelassen war, ließ einen Sonnenstrahl herein: Ein kleiner Riß, dachte Bernis, hier altert man, ohne es zu wissen ...

Was werde ich nur erfahren? Ein Schritt im Nebenzimmer brachte Leben in das Haus. Ein leiser Schritt, wie von einer Nonne, die Blumen auf den Altar stellt.

Welche kleinwinzige Verrichtung mag das sein?

Mein Leben ist geladen wie ein Drama. Hier ist so viel Raum, so viel Luft zwischen allem, was man tut, was man denkt ... Er beugte sich zum Fenster hinaus, um die Landschaft zu sehen. Sie lag in voller Sonne, mit ihren meilenlangen weißen Straßen, auf denen man zur Kirche ging, oder zur Jagd, oder um einen Brief aufzugeben. In der Ferne war eine Dreschmaschine in Gang, aber man mußte sich Mühe geben, um sie zu hören: wenn ein Schauspieler eine zu schwache Stimme hat, liegt es wie ein Druck auf dem ganzen Saal.

Wieder war der Schritt vernehmbar: Man macht Ordnung, die kleinen Gegenstände im Glaskasten haben allmählich überhand genommen. Jedes Jahrhundert, das vergeht, hinterläßt all diesen Kleinkram ...

Man unterschied Stimmen, Bernis lauschte:

»Glaubst du, daß sie diese Woche noch überlebt? Der Arzt ...«

Die Schritte entfernten sich. Bernis schwieg beklommen. Wer mochte da im Sterben liegen? Er rief sich alle Zeugnisse des Lebens ins Gedächtnis, den weißen Hut, das aufgeschlagene Buch ...

Wieder Stimmen. Sie sprachen liebevoll und so ruhig. Man war sich bewußt, daß der Tod im Hause eingekehrt war, und nahm ihn wie einen guten Bekannten auf, ohne

sich abzuwenden. Da war nichts Phantastisches zu spüren. Wie einfach das alles ist, dachte Bernis, man lebt, man ordnet die Kleinigkeiten im Glaskasten, man stirbt . . .
»Hast du die Blumen fürs Zimmer gepflückt?«
»Ja.«
Es wurde leise gesprochen, mit gedämpfter Stimme, aber in aller Ruhe. Von tausend kleinen Dingen, nur daß der nahe Tod alles in Grau färbte. Ein Lachen wurde hörbar, aber es erstarb wieder. Ein Lachen ohne tiefe Wurzel, aber auch nicht von würdevoller Pathetik unterdrückt.
»Geh nicht hinauf«, sagte eine Stimme, »sie schläft.«
Bernis kam sich vor wie im Mittelpunkt des Leidens, wie in heimlicher Vertraulichkeit. Er mußte befürchten, entdeckt zu werden. Ein Fremder, vor dem man alles aussprechen muß, läßt den Schmerz weniger ergebungsvoll erscheinen. Man ruft ihm vielleicht zu: »Sie haben sie ja gekannt, haben sie geliebt . . .« So wird die Sterbende in ihrer ganzen Lieblichkeit gezeigt – das ist nicht zu ertragen.
Aber er hatte doch Grund zu solcher Vertraulichkeit: ». . . ich habe sie ja geliebt.«
Er mußte sie wiedersehen, stieg leise die Treppe empor und öffnete die Tür. Im Zimmer war heller Sommer. Die Wände waren licht, das Bett weiß. Durch das offene Fenster flog der Sonnentag herein. Von einem weit entfernten Kirchturm klang der Glockenschlag, ruhig und verhalten, wie ein Herz schlägt, ein Herz ohne Fieber, wie man es haben soll. Sie schlief. Kostbarer Schlummer in der tiefen Sommermitte!
»Sie wird sterben . . .« Bernis schritt leise weiter auf dem gebohnerten Parkett, das die Sonne widerspiegelte. Er wunderte sich über die Ruhe, die in ihm war. Aber nun seufzte sie auf, da wagte er nicht mehr, näher zu kommen, denn er fühlte eine machtvolle Gegenwart: wo ein

Kranker liegt, füllt seine Seele weithin den Raum, und das ganze Zimmer ist wie eine einzige Wunde. Da wagt man es nicht, an ein Möbelstück anzustoßen, wagt es nicht, einen Schritt zu tun.

Kein Lärm. Nur die Fliegen summten. Ein Rufen in der Ferne, wie eine bange Frage. Von draußen wehte ein frischer Windhauch leise ins Zimmer. Es wird bald Abend, dachte Bernis; da werden die Fensterläden geschlossen werden, die Lampe wird brennen; bald wird die Nacht auf der Kranken lasten wie ein Stück Weg, das gegangen werden muß. Die abgeblendete Lampe zieht den Blick magisch an, und die Gegenstände ringsum, die immer denselben Schatten werfen und die man zwölf Stunden lang unter dem gleichen Winkel anschauen muß, prägen sich endlich dem Gehirn genau ein und bekommen ein zentnerschweres Gewicht.

»Wer ist da?« fragte sie.

Bernis trat heran. Er wollte ein zärtliches Wort, ein Wort der Teilnahme sagen, sich zu ihr niederbeugen, ihr helfen, sie in die Arme schließen, ihr Halt, ihre Kraft sein.

Er nannte sich: »Jacques«. Sie sah ihn starr an.

»Jacques«, wiederholte sie, und es war, als müsse sie ihn mühsam aus der Tiefe ihres Gedächtnisses heraufholen. Sie wollte sich nicht an seine Schulter lehnen, nein, sie suchte in ihrer Erinnerung nach ihm. Sie hielt seinen Rockärmel fest, wie ein Schiffbrüchiger, der sich emporziehen möchte, aber nicht um etwas festzuhalten, was da ist und Hilfe bringt, sondern wie um ein Bild heraufzubeschwören ... Und sie schaute nur immerzu ...

Allmählich aber schien er ihr fremd zu werden. Sie erkennt diese Züge, diesen Blick nicht. Sie drückt seine Finger in ihrer Hand, wie um ihn erst herbeizurufen. Er kann ihr keine Hilfe bringen, er ist ja nicht der Freund, dessen Bild sie im Herzen trägt. Schon ist sie müde von seiner Gegenwart, sie drängt ihn von sich und wendet den Kopf ab.

Bernis ist weit, unendlich weit von ihr . . .

Er entfernte sich ganz leise und durchschritt wieder die Halle, als einer, der von einer langen, langen Reise wiederkehrt, von einer seltsamen Reise, an die er sich nicht mehr erinnert. Fühlte er nun den Schmerz? War er traurig? Er blieb stehen. Der Abend flog still herein, wie Wasser in einen lecken Schiffsraum sickert, die Gegenstände ringsum schwanden im Dämmerlicht. Die Stirn an eine Fensterscheibe gelehnt, sah er die Schatten der Linden länger werden und sich aneinander schließen, bis der Rasen ganz dunkel war. In der Ferne wurden die Lichter eines Dorfes sichtbar, kaum eine Handvoll Lichter. Sie schienen ganz nah, und er hätte den Hügel gegenüber mit dem Finger berühren können. Im Haus waren keine Stimmen mehr laut, es war wohl alles schon in Ordnung gebracht worden. Bernis rührte sich nicht. Er mußte an ähnliche Abende denken: da stand man auf und fühlte sich schwer wie ein Taucher. Und die Frau, mit der man war, bekam plötzlich etwas Verschlossenes in ihr junges Gesicht, und jäh war die Angst vor der Zukunft da, die Angst vor dem Tode.

Bernis verließ das Haus. Er mußte sich umwenden und hatte den brennenden Wunsch, gesehen und zurückgerufen zu werden. Das Herz wäre ihm übergegangen vor Leid und Glück. Aber nein, nichts war, was ihn zurückhalten wollte. Nichts hemmte seinen Schritt, als er unter den Bäumen davonging. Nun sprang er über die Hecke. Da war die Straße, und die Straße war hart. Es war aus, es gab für ihn kein Wiederkommen mehr.

V

Bevor Bernis weiterflog, erklärte er mir das ganze Abenteuer:
»Weißt du, ich habe versucht, Genoveva in meine Welt hereinzuziehen. Aber alles, was ich ihr zeigte, wurde so matt, so grau. Die erste Nacht war von einer Undurchdringlichkeit ohnegleichen, der wir nicht gewachsen waren. Ich habe ihr ihr Haus, ihr Leben, ihre Seele zurückgeben müssen. Eines nach dem anderen, wie die Pappeln auf der Straße, und je näher wir gegen Paris kamen, desto mehr verlor sich dieses Undurchdringliche zwischen der Welt und uns. Fast als ob ich sie hätte unter die Oberfläche des Meeres hinablocken wollen. Und wenn ich späterhin wieder versuchte, mich enger an sie zu schließen, konnte ich ihr wohl näherkommen und sie berühren: es war ja nichts Räumliches, das uns trennte. Aber es lag viel mehr zwischen uns, ich kann es nicht recht ausdrükken – tausend Jahre schieden uns voneinander. Man ist ja so weit entfernt vom Leben des anderen. Sie blieb festgeklammert an ihr weißes Leinen, an ihren Sommer, an all ihr Klares, und ich habe sie nicht mit mir fortnehmen können. – Laß mich aufbrechen!«
Wohin gehst du jetzt, wo wirst du noch den Schatz suchen, du indischer Taucher, der wohl die Perlen anfaßt, der sie aber nicht heraufzuholen versteht! Diese Wüste, in der ich gehe und stehe, ich, der ich auf diesem Boden festgehalten bin, schwer wie ein Stück Blei – ich wüßte hier nichts zu entdecken. Aber für dich, du Magier, ist diese Wüste nur ein Schleier aus Sand, nur der Schein einer Wüste ...
»Jacques, es ist Zeit!«

VI

Jetzt sitzt er wie erstarrt und träumt. Aus solcher Nähe scheint der Boden sich nicht zu verändern. Die Sahara läuft mit ihrem gelben Sand das blaue Meer entlang, wie ein unendlicher Gehsteig. Bernis ist ein guter Lenker, er bringt immer wieder die Küste, die einmal nach rechts abschweift, dann wieder nach links biegt, in die Richtung seines Motors. Bei jeder Kurve des afrikanischen Strandes neigt er ein wenig das Flugzeug. Noch zweitausend Kilometer bis Dakar.

Vor ihm die strahlende Helligkeit dieses wilden, noch nicht unterworfenen Gebiets. Zuweilen tritt der nackte Fels zutage. Der Wind hat den Sand fortgeweht und da und dort zu regelmäßigen Dünen gehäuft. Die Luft ist reglos und umschließt das Flugzeug wie in einem Netz. Kein Schlingern, kein Stampfen und, in dieser Höhe, keine Veränderung der Landschaft. Eingeklemmt in die Windstille, scheint der Apparat fast unbewegt. Port-Étienne, die erste Etappe, steht zwar nicht in der Stationsliste, aber die Zeit muß stimmen, und Bernis sieht nach der Uhr. Noch sechs Stunden unbeweglich und schweigsam – dann schlüpft man aus dem Flugzeug wie der Schmetterling aus der Puppe, und die Welt ist wieder neu.

Bernis betrachtet diese Uhr, die ein solches Wunder schafft. Dann den regungslos weisenden Drehzahlmesser. Wenn diese Nadel von der Ziffer abirrt, wenn ein Motordefekt den Menschen in den Sand befördert, dann werden Zeit und Raum einen neuen Sinn annehmen, einen Sinn, den er noch gar nicht begreift. Er fliegt seinen Flug in der vierten Dimension.

Dennoch kannte er dieses Schwindelgefühl. Wir alle haben es erlebt. Da jagten sich unzählige Bilder vor unserem Auge – aber wir sind einem einzigen verschworen, das seiner Dauer, seiner Sonne, seiner Einsamkeit das wahre Gewicht abliest. Eine Welt ist auf uns niedergestürzt. Wir sind schwach, wir verfügen über ein armes Gebärdenspiel, das vielleicht, wenn die Nacht sich über uns senkt, eben noch die Gazellen zu verscheuchen imstande ist. Wir verfügen über eine Stimme, die keine dreihundert Meter weit trägt und zu keinem Menschen gelangt. Wir alle sind eines Tages auf diesen unbekannten Planeten gefallen ...

Aber da war die Zeit viel zu weiträumig geworden für den Rhythmus unseres Lebens. In Casablanca rechneten wir nach Stunden, denn da gab es doch abgemachte Stelldicheins, und nach jedem von ihnen schlug uns ein neues Herz im Leib. Im Flugzeug war in jeder halben Stunde das Klima verändert: da war auch der Körper ein anderer. Hier aber, hier rechneten wir nach Wochen.

Die Kameraden haben uns immer wieder Erlösung gebracht. Und wenn wir schwach wurden, hoben sie uns in ihre Gondel. Das war der eiserne Griff der Freunde, die uns aus dieser Welt in die ihre zogen.

Bernis schwebt im Gleichgewichtsflug über all dem Unbekannten hin und muß daran denken, daß er sich selbst schlecht kennt. Was würde wohl der Durst, die Verlassenheit oder die Grausamkeit der maurischen Stämme in ihm für Gefühle wachrufen? Und etwa die Station von Port-Étienne, die jetzt schon einen ganzen Monat weit hinter ihm liegt? Er meint: »Ich brauche keinen Mut.«

Alles bleibt ja im Abstrakten. Wenn ein junger Pilot mit Loopings sein Glück versucht, läßt er in seinem Kopf Hindernisse wirbeln, die, so nahe sie ihm sein mögen, doch nicht so gegenständlich sind, daß ihn das geringste unter ihnen zermalmen müßte, sondern Bäume oder Mauern, die ätherisch sind, wie im Traum geschaut. Mut – Bernis?

Aber doch – es geht um sein Herz, denn ein Zucken ist durch den Motor gegangen, und dieser Unbekannte kann sich aufrecken, kann den Piloten verdrängen.

Endlich das Cap, der Golf! Eine Stunde ist herum, mit ihr der neutrale Boden, der entwaffnete, den die Luftschraube hinter sich gebracht hat. Aber was da vorn sich dehnt, jeder Zoll Landes ist eine geheimnisvolle Festung. Noch tausend Kilometer: da gilt es, diese ungeheure Tischfläche zu überwinden.

Von Port-Étienne für Cap Juby: Kurier gut gelandet 16,30 h.

Von Port-Étienne für Saint-Louis: Kurier weitergeflogen 16,45 h.

Von Saint-Louis für Dakar: Kurier verläßt Port-Étienne 16,45 h, wird von hier bei Nacht weiterfliegen.

Ostwind. Er kommt aus dem Inneren der Sahara, und der Sand weht in gelbem Wirbel hoch empor. Früh am Morgen zeichnet sich am Horizont eine bleiche, elastisch gedehnte Sonne, die der warme Dunst aus der Form gebracht hat. Eine blasse Seifenblase. Aber sie steigt allmählich zum Zenit, sich zusammenziehend, bis sie wieder rund ist und nun wie ein glühender Pfeil wirkt, der heiß im Nacken steckt. Ostwind. Man fliegt von Port-Étienne ab in stiller, fast frischer Luft, aber schon in einer Höhe von hundert Metern ist man mitten drin im Lavastrom. Und schon geht es los.

Öltemperatur: 120. Wassertemperatur: 110.

Man muß auf zweitausend, auf dreitausend Meter kommen, das ist klar, um diesen Sandsturm unter sich zu kriegen. – Klar! Aber, keine fünf Minuten gestiegen: Selbstzündung und heiße Ventile. Da soll man höher steigen – leicht gesagt. Das Flugzeug schwebt, versinkt geradezu in dieser weichen Luft.

Ostwind. Man wird blind. Die Sonne verschwindet in diesen gelben Wirbeln. Zuweilen taucht ihre blasse Scheibe wieder auf und haucht Glut. Die Erde ist nur in der Vertikalen zu sehen, kaum mehr zu sehen. Steige ich? Sinke ich? Neigt sich's? Was weiß ich! Hundert Meter Höhe – auch recht, gehen wir noch tiefer.

Knapp über dem Boden ein Windhauch aus Norden. Das geht an. Da kann man einen Arm aus der Gondel hinaushängen lassen, wie man bei rascher Bootfahrt die Hand im frischen Wasser spielen läßt.

Öltemperatur: 110. Wassertemperatur: 95.

Kühl wie ein Flüßchen? Ja, vergleichsweise. Man tanzt ein bißchen auf und ab, jede Bodenfalte gibt einen Hieb. Und es ist dumm, daß man nichts sieht. Aber in der Nähe von Cap Timeris streicht der Ostwind unmittelbar über den Boden hin. Nirgends mehr eine Zuflucht. Riecht es nicht nach verbranntem Kautschuk? Der Magnet? Die Dichtungen? Die Nadel des Tachometers gerät ins Schwanken und gibt auf zehn Touren nach – »Wenn auch du dich da hineinmischst . . .«

Wassertemperatur: 115.

Ausgeschlossen, nur zehn Meter höher zu steigen. Ein Blick auf die Düne, die so nah herankommt wie ein Sprungbrett, dann ein Blick auf die Druckmesser. Hopp, das war eine Welle in der Düne! Da sitzt man und lenkt gar nicht mehr – lange kann das nicht mehr so gehen: in seinen Händen das Flugzeug im Gleichgewicht halten wie ein übervolles Gefäß.

Zehn Meter unter den Rädern wirbelt Mauretanien seinen Sand, sein Salz, seine ganze Küste auf – jetzt hinaus mit dem Ballast.

1520 Touren.

Dieser erste Auftrieb des entleerten Flugzeugs wirkt wie ein Fausthieb auf den Piloten. Auf zwanzig Kilometer

Entfernung gibt es einen französischen Posten, den einzigen. Man muß ihn erreichen.
Wassertemperatur: 120.
Dünen, Felsen, Salzgruben sind wieder überwunden, aber es geht hart auf hart. Nur weiter! Neue Umrisse tauchen auf, dehnen sich weithin, verschwinden. Die Räder am Boden – verdammt! Diese schwarzen Felsen dort, eng aneinandergereiht, sie scheinen langsam näherzukommen, aber auf einmal sind sie riesengroß. Man stürzt fast auf sie, als wollte man sie zersplittern.
1430 Touren.
»Ob wir den Kopf anrennen ...?« Ein Blechteil, den er zufällig berührt, verbrennt ihm die Finger. Der Kühler dampft stoßweise. Das Flugzeug wird zu schwer, der Kahn ist überladen.
1400 Touren.
Jetzt schnell den letzten Ballast hinaus – die Räder hängen zwanzig Meter über dem Boden! Rasche Schaufelwürfe, goldene Schaufelwürfe: über der Düne wird der Posten sichtbar. Ah! Bernis bremst. Es war hohe Zeit.
Der Ansturm der Landschaft verlangsamt sich und kommt zum Stillstand. Die Welt, die in Staub vergehen wollte, baut sich wieder auf.
Ein kleines französisches Fort in der Sahara. Ein alter Sergeant begrüßte Bernis und lachte freudig beim Anblick des Landsmannes. Zwanzig Senegalesen präsentierten das Gewehr: ein Weißer, das ist zum mindesten ein Sergeant; wenn er jung ist, ist er gar Leutnant.
»Guten Tag, Sergeant.«
»Ja, kommen Sie zu mir, ich bin ja so froh! Ich bin aus Tunis ...«
Seine Jugend, seine Erinnerungen, seine Seele – alles legte er vor Bernis hin, auf den ersten Anhieb.

Ein kleiner Tisch, an der Wand aufgespießte Photographien.
»Ja, das sind Bilder von Verwandten. Ich kenne sie noch nicht alle, aber nächstes Jahr will ich nach Tunis gehen. Das da? Das ist die Geliebte meines Kameraden. Ich habe dieses Bild immer auf seinem Tisch gesehen. Er sprach immer von ihr. Nach seinem Tod habe ich die Photos behalten, zum Fortsetzen – ich habe keine Geliebte gehabt.«
»Sergeant, ich habe Durst.«
»Ah, trinken Sie nur! Es macht mir Freude, Ihnen Wein anbieten zu können. Ich hatte keinen mehr für den Kapitän, als er vor fünf Monaten hier durchkam. Hernach habe ich mir lange Zeit düstere Gedanken gemacht, ja wirklich. Ich habe sogar geschrieben, daß man mich ablösen möge: ich schämte mich gar so sehr.
Was ich hier mache? Ich schreibe Briefe, jede Nacht. Schlaf habe ich nicht, aber Kerzen habe ich. Wenn aber dann, alle sechs Monate, die Post herkommt, taugen die Briefe nicht mehr zur Antwort, – dann fange ich eben wieder von neuem an.«
Bernis steigt mit dem alten Sergeanten auf die Terrasse des Forts, um zu rauchen. Weit und leer ist die Wüste im Mondenschein. Was bewacht der Mann eigentlich an diesem Posten? Gewiß die Sterne, ja, und den Mond ...
»Sie sind also Sergeant für die Sterne?«
»Bitte, nicht ablehnen, rauchen Sie, ich habe noch Tabak. Als der Kapitän kam, hatte ich auch keinen Tabak mehr.«
Alles erfuhr Bernis, was vom Leutnant, vom Kapitän zu erzählen war. Bald wußte er Bescheid über ihre einzigen Fehler: der eine war ein Spieler, der andere war viel zu gut. Er erfuhr auch, daß der letzte Besuch des jungen Leutnants beim alten Sergeanten in der Sandwüste fast wie ein Liebeserlebnis nachwirkte.
»Er hat mir die Sterne erklärt. . . .«

»Ja«, meinte Bernis, »Sie haben sie von ihm ins Wachtprotokoll bekommen.«

Und nun begann er selbst, ihm die Sterne zu erklären. Der Sergeant lernte die einzelnen Entfernungen kennen und mußte dabei an Tunis denken, das so weit weg war. Als sie beim Polarstern waren, verschwor er sich, ihn an seinem Gesicht erkennen zu wollen; er würde nur ein wenig links zu suchen haben. Und nun mußte er wieder an Tunis denken, es war doch gar nicht so weit.

»Und auf diese Sternbilder sausen wir mit schwindelerregender Schnelligkeit zu ...« Da hielt sich der Sergeant alsbald an der Mauer fest.

»Sie wissen ja alles.«

»O nein. Ich habe sogar unter einem Sergeanten gedient, der mir sagte: ›Schämen Sie sich denn nicht, als Sohn von guter Familie, unterrichtet und wohlerzogen, daß Sie das Kehrtmachen so schlecht treffen?‹«

»Aber– da brauchen Sie sich nicht zu schämen, das ist ja so schwer.« Damit wollte er Bernis trösten.

»Sergeant, Sergeant, deine Wachlaterne ...« Und er wies nach dem Mond.

»Du, Sergeant, kennst du das, dieses Lied:

Regnet's, junge Schäferin ...?«

Und er trällerte die Melodie.

»Ja, freilich kenne ich es, das ist ja ein Lied aus Tunis.«

»Sag, Sergeant, wie geht es weiter, ich möchte es gern wieder wissen.«

»Warten Sie, warten Sie:

Führ die weißen Schafe hin
nach der kleinen Hütte ...«

»Sergeant, jetzt erinnere ich mich:

Hörst du, wie die Blätter wehn?
Schwere Tropfen niedergehn,
schon ist das Gewitter da ...«

»Das ist so wahr!« sagte der Sergeant.
Sie verstanden sich auf die gleichen Dinge.
»Es wird Tag, Sergeant, gehen wir an die Arbeit.«
»Ja, an die Arbeit.«
»Gib mir den Schlüssel dort, zu den Zündkerzen.«
»Ja, da ist er.«
»Und jetzt mußt du hier die Zange ansetzen.«
»Befehlen Sie nur – ich mache alles.«
»Siehst du, Sergeant, es war nur eine Kleinigkeit, jetzt werde ich losfliegen.«
Der Sergeant schaut auf ihn, wie auf einen jungen Gott, der aus dem Nichts erschienen ist, und nun leider wieder fortfliegen will, erschienen, um ihn an ein Lied zu erinnern, an Tunis, an ihn selbst zu erinnern. Aus welchem Paradies, jenseits der Sandwüste, kamen sie wohl herab, lautlosen Fluges, diese schönen Boten ...?
»Auf Wiedersehen, Sergeant!«
»Auf Wiedersehen.«
Der Sergeant bewegte noch die Lippen, aber er wußte selbst nicht, was er sagen wollte. Und er war sich auch noch kaum bewußt, daß er im Herzen für die nächsten sechs Monate etwas Liebes bewahrte.

VII

Von Saint-Louis im Senegal nach Port-Étienne: Kurier in Saint-Louis nicht angekommen stop. Erbitten dringend Nachricht.
Von Port-Étienne nach Saint-Louis: Wissen nichts seit Abfahrt gestern 16,45 h stop. Werden unverzüglich Nachsuche einleiten.
Von Saint-Louis im Senegal nach Port-Étienne: Flugzeug 632 verläßt Saint-Louis 7,25 h stop. Schiebt Abfahrt auf bis zu seiner Ankunft in Port-Étienne.

Von Port-Étienne nach Saint-Louis: Flugzeug 632 gut gelandet 13,40 h stop. Pilot hat nichts gesehen, trotz ausreichender Sicht stop. Pilot glaubt, er hätte Kurier auf normalem Flugweg auffinden müssen stop. Dritter Pilot nötig für staffelweise Nachsuche.

Von Saint-Louis nach Port-Étienne: Einverstanden. Befehle erteilt.

Von Saint-Louis nach Juby: Ohne Nachrichten von Frankreich–Amerika stop.

Juby. Ein Mechaniker kommt zu mir.

»Ich gebe Ihnen Wasser in den Koffer links vorn, die Lebensmittel in den Koffer rechts, rückwärts ein Reserverad und den Apothekerkasten. In zehn Minuten. Einverstanden?«

»Ja.«

Aufträge auf dem Notizblock:

»In meiner Abwesenheit das Tagesjournal führen. Am Montag Auszahlung der Mauren. Die leeren Trinkfässer sind auf das Segelschiff zu laden.«

Ich lehne mich ans Fenster. Das Segelschiff, das uns einmal im Monat mit Trinkwasser versorgt, schaukelt leicht auf dem Meer. Ein entzückender Anblick. Es gibt meiner ganzen Wüstenei ein wenig Lebensschwung, frische Wäsche in meinen Alltag. Ich bin Noah, den die Taube in der Arche aufsucht.

Das Flugzeug ist startbereit.

Von Juby nach Port-Étienne: Flugzeug 236 fliegt von Juby ab 14,20 h nach Port-Étienne.

Der Karawanenweg ist durch Skelette kenntlich, den unseren bezeichnen einige Flugzeuge: »Noch eine Stunde zum Flugzeug von Bojador . . .« Auch das sind Skelette, ausgeplündert von den Mauren. Und Merkzeichen.

Tausend Kilometer über Sand bis nach Port-Étienne: vier Gebäude mitten in der Wüste.

»Wir haben dich schon erwartet. Wir fliegen sofort ab, um noch das Tageslicht auszunutzen. Einer die Küste entlang, der zweite zwanzig Kilometer, der dritte fünfzig Kilometer weiter. Im kleinen Fort machen wir halt, wegen der Dunkelheit. Du wechselst Maschine?«
»Ja, Ventilverstopfung.«
Umschiffung.
Abfahrt.

Nichts. Es war nur ein dunkler Felsen. Immer weiter suche ich die Wüste auf das sorgfältigste ab. Jeder schwarze Punkt ist wie ein Fehler, der mich beunruhigt. Aber der Sand wälzt mir nichts anderes zu als einen dunklen Felsen.
Meine Kameraden sehe ich nicht mehr. Jeder ist in seiner Himmelsgegend tätig, geduldig wie Sperber, die in der Höhe planen. Das Meer sehe ich auch nicht mehr. Über einem weißen Glutherd schwebend, sehe ich nichts Lebendes. Mein Herz schlägt: ein·Trümmerhaufen dort in der Ferne . . .?
Wieder ein dunkler Felsen.
Mein Motor braust wie ein Fluß in Strömung. Dieser strömende Fluß umwirbelt mich und macht müde.
Bernis, – oft habe ich gesehen, wie deine unerklärbare Zuversicht dich wieder aufgerichtet hat. Ich kann das nicht wiedergeben, mir fällt ein Wort von Nietzsche ein, das dir vertraut war, das Wort vom heißen, kurzen, melancholischen und glückseligen Sommer.
Die Augen schmerzen mich vom vielen Suchen. Und die schwarzen Punkte beginnen zu tanzen. Ich weiß nicht mehr recht, wohin ich fliege.

»Sergeant, Sie haben ihn also gesehen?«
»Er ist im Morgengrauen abgeflogen.«

Wir setzen uns vor dem kleinen Fort nieder. Die Senegalesen lachen, der Sergeant läßt den Kopf hängen.
Der Abend ist farbenschön, aber was hilft das!
Einer von uns rückt mit der Sprache heraus: »Wenn das Flugzeug zertrümmert ist, ... du weißt ja, ... fast unauffindbar!«
»Freilich.«
Einer steht auf, geht einige Schritte auf und ab: »Es steht schlecht. Eine Zigarette?«
Die Nacht kommt, alles wird schwarz: Tiere, Menschen, Gegenstände.

Die Nacht kommt, in der Finsternis glüht nur mehr der Rand der Zigarette; da bekommt die Welt wieder ihr richtiges Maß. Auf dem Weg nach Port-Étienne werden die Karawanen müde und alt. Saint-Louis im Senegal liegt schon am Ende aller Träume. Diese Wüste war vorhin nur ein Sandhaufen, der kein Geheimnis barg. Die Städte boten sich so nahe dar, und der Sergeant, der auf Geduld, auf Schweigen und Einsamkeit gestellt war, fand dies alles überflüssig. Aber eine Hyäne schreit, und der Sand lebt, ein Ruf ertönt und stellt das Geheimnis wieder her, und irgend etwas steht auf, entflieht und kommt wieder ...
Die Sterne geben uns die wirklichen Entfernungen kund.
Das geruhige Leben, die treue Liebe, die Freundin, die wir im Herzen zu tragen meinen – sie alle werden vom Polarstern wieder in die Reihe gebracht.
Und das Südliche Kreuz bewacht einen Schatz.

Am frühen Morgen, gegen drei Uhr, wurden unsere Dekken so dünn, so durchlässig: eine Bosheit, die uns der Mond antut. Ich erwache halb erfroren und steige auf die Terrasse des kleinen Forts, um zu rauchen. Eine Zigarette nach der anderen – so will ich den Tagesanbruch erwarten.

Dieser kleine Posten im Mondenschein, das ist ein Hafen in einer stillen Bucht. Die Sterne spielen ihr volles Spiel, für alle Seefahrer. Die Magnetnadeln unserer drei Flugzeuge zeigen freilich brav nach Norden – und damals? ... Dein letzter Schritt auf Erden, hast du ihn hier getan? Hier hat die erspürbare Welt ein Ende. Dieses kleine Fort ist ein Abfahrtssteg, eine Schwelle zum Eintritt ins Mondlicht, wo nichts mehr seine Wirklichkeit behält.

Wundervoll ist die Nacht. Jacques Bernis, wo bist du? Vielleicht noch hier, vielleicht schon drüben? Wie ist dein Sein schon so schwerelos geworden! Und auch die Sahara rings um mich ist ohne Schwere; nur dann und wann fühlt sie den Sprung einer Antilope; kaum daß sie, wo der Sand sich am vollsten bauscht, das leichte Gewicht eines Kindes ertrüge.

Der Sergeant hat sich zu mir gestellt: »Guten Morgen.«

»Guten Morgen, Sergeant.«

Er horcht. Nichts. Tiefe Stille, gewoben aus deinem Stillsein, Jacques Bernis.

»Eine Zigarette?«

»Ja.«

Der Sergeant kaut an seiner Zigarette.

»Sergeant, morgen muß ich meinen Kameraden finden. Wo, glaubst du, mag er sein?«

Der Sergeant weist, als wäre er seiner Sache sicher, mit der Hand auf den ganzen Horizont ...

Ein verlorenes Kind erfüllt die Wüste.

Bernis, einmal hast du mir ein Geständnis gemacht: »Ich habe ein Leben liebgehabt, das ich nicht verstand, ein Leben, das nicht ganz treu war. Ich weiß nicht einmal

recht, wonach ich mich sehnte: es war ein unbewußter Heißhunger . . .«
Und wieder einmal hast du mir gestanden: »Was ich erriet, war hinter den Dingen verborgen. Mir schien, als könnte ich es mit ein wenig Bemühung begreifen und richtig erkennen und mit mir davontragen. So gehe ich durchs Leben, bedrückt von der Gegenwart eines Freundes, den ich doch nie aus dem Dunkel hervorholen konnte.«
Mir ist, als ob ein Schiff scheiterte. Als ob ein Kind in Schlaf gewiegt würde. Als ob all dies Gewoge von Segeln und Masten und Hoffnungen ins Meer versänke.

Morgenlicht. Wüstes Schreien der Mauren. Ihre Kamele liegen da, halbtot vor Erschöpfung. Ein Stamm, dreihundert Gewehre stark, sei in aller Stille aus dem Norden hereingebrochen, sei plötzlich ostwärts aufgetaucht und habe eine Karawane niedergemacht.
Ob wir nicht dort suchen sollten, wo dieser Stamm sein mußte?
»Also in Fächerform, einverstanden? Der mittlere fliegt genau nach Osten . . .«
Samum: kaum sind wir fünfzig Meter hoch, und schon dörrt uns dieser Wind aus wie ein Heißluftapparat.

Mein Kamerad . . .
Hier also ist der Schatz gewesen: du hast ihn so lange gesucht!
Auf dieser Düne, die Arme gekreuzt, das Gesicht dem dunkelblauen Golf zugewandt, über dir all das Sternenvolk – in dieser Nacht hast du nicht schwer gewogen . . .
Als du hinabflogst, nach dem Süden, da lösten sich leise alle Taue, die dich hielten: ein Luftgeist warst du schon, Bernis, ein einziger Freund war dir geblieben, aber kaum noch band dich dieser Sommerfaden . . .

In dieser Nacht wogst du noch leichter. Ein Schwindel hat dich erfaßt. In dem einen Stern, der lotrecht über dir, du Entflohener, stand, hat der Schatz gefunkelt!
Der Sommerfaden meiner Freundschaft hat dich nicht festhalten können: ich war ein ungetreuer Hirt, in Schlaf gesunken.

Von Saint-Louis im Senegal nach Toulouse: France-Amérique östlich Timeris aufgefunden stop. Kugellöcher im Steuer stop. Feindlicher Stamm in nächster Nähe stop. Pilot tot, Flugzeug zerbrochen, Kurier intakt stop. Ich fliege weiter nach Dakar.

VIII

Von Dakar nach Toulouse: Kurier glücklich Dakar gelandet. Stop.

FRÜHE SCHRIFTEN

RIO DE ORO

Bericht aus dem Archiv der »Air France« Oktober 1928

Dieses Wüstengebiet erstreckt sich von der Draa Hochebene bis nach Port-Étienne etwa 1300 Kilometer an der Küste entlang und etwa 300 Kilometer landeinwärts. Drei spanische Stützpunkte: 1. Cap Juby, 2. Villa Cisneros, 3. La Guera.

BEVÖLKERUNG

Obwohl Rio de Oro im wesentlichen aus Wüste besteht, kann es eine verhältnismäßig dichte Bevölkerung ernähren, die von ihren Herden lebt. Da die Existenz der Herden von den seltenen Regenfällen abhängt, sind die Mauren Nomaden und legen mit Leichtigkeit an die tausend Kilometer zurück, um sich Weideland zu sichern.

Es wäre gewiß von Vorteil, wenn man einen Teil dieser Bevölkerung an den Boden binden könnte, da sich durch den Eigentumsgedanken die politische Organisation stärker entwickeln und zweifellos auch das Ansehen der örtlichen Behörden festigen würde; so vermöchte man auf Gruppen mit ausgeprägterem Selbstbewußtsein einzuwirken, statt ständig auf den Widerstand von tausend Einzelnen mit auseinanderstrebenden Interessen zu stoßen.

Eine Verständigung mit unbeständigen Elementen ist immer nur örtlich begrenzt und auf den Augenblick ist immer nur örtlich begrenzt und auf den Augenblick beschränkt. Leider scheinen die schwachen Bodenerhebungen nicht die Anlage artesischer Brunnen zu gestatten, die für solch eine Stetigkeit die entscheidende Voraussetzung sind. In Ermangelung artesischer Brunnen ist es vielleicht möglich, in geologischen Falten wie Saguet und Hamra Wasser in ausreichender Menge zu finden.

POLITISCHE STRUKTUR

Unter den gegenwärtigen Verhältnissen ist sie recht primitiv. Im Familienverbande beschränkt sie sich auf die Autorität des Vaters über die Söhne oder des älteren Bruders über die jüngeren. Diese Autorität ist wirklich vorhanden. Die des Stammeshäuptlings ist schon viel unbestimmter. Die Mauretanier, bei denen der Islam vorherrscht, besitzen eine religiöse Gliederung, deren Macht nur äußerlich ist. Beispielsweise können ein Nachkomme des Propheten oder ein Bruder des Sultans gewiß sein, daß sie in der Wüste Anzeichen tiefster Verehrung begegnen werden. Sobald aber das geringste Interesse auf dem Spiele steht, verlieren sie jede Autorität; man kann dann nicht mehr damit rechnen. Nicht nur die einzelnen Stämme liegen miteinander in ständiger Fehde, sondern auch Teile eines bedeutenden Stammes, wie etwa der Arguelbat, können untereinander verfeindet sein. Aus diesem Grunde ist auch ein politischer oder militärischer Erfolg immer nur örtlich begrenzt.

HILFSQUELLEN

In gewisser Hinsicht ist Rio de Oro, obwohl dem äußeren Anschein nach eine Wüste, ein reiches Land. Die Herden stellen in ihrer Gesamtheit ein bedeutendes Kapital dar. Gewisse Stammesverbände besitzen Tausende von Kamelen (ein Kamel hat einen Wert von achthundert bis tausend Franken), aber dieses Kapital bedeutet weit mehr eine Reserve, als daß es dem wirtschaftlichen Austausch zugute käme. Das Anwachsen dieses Kapitals findet durch den Boden seine Grenzen (Ergiebigkeit der Brunnen und des Weidelandes.) Es ist ein Kapital, das keine Zinsen abwirft. Abgesehen von Pachtvieh (Ziegen, Schafe, Kamele) erstreckt sich der Bedarf der Mauretanier auf Gerste, Zucker, Tee und Stoffe.

In manchen fruchtbaren Gegenden säen sie selber ihre Gerste, aber es ist bemerkenswert, daß sie diese Bestellung keineswegs an den Boden bindet; denn sie führen weiter ihr Nomadenleben und kehren nur für die Ernte wieder zurück. Sie findet statt, wenn es geregnet hat.

Sie müssen hingegen Textilien, Zucker und Tee einführen. Der Konsum der letztgenannten Waren, auf die sie nur ungern verzichten, ist bei ihnen sehr erheblich. Sie kaufen hauptsächlich in Agadir, Juby und Saint-Louis ein. Hingegen verkaufen sie ihre Schafswolle.

Im übrigen verschaffen sie sich durch Gewalt, was sich nicht auf andere Weise erlangen läßt, und suchen die reichen Gegenden durch Beutezüge heim. Diese Beutezüge nehmen einen größeren Umfang an, sobald die Regenfälle ausbleiben. Für die Ausrüstung von Beutezügen sind Waffen nötig, die für den Mauren das Hauptmerkmal des Reichtums darstellen.

BEWAFFNUNG

Alte arabische Gewehre, Militärgewehre Modell 1874, moderne Gewehre. Für die Einfuhr der letzteren (hauptsächlich Lebelgewehre) gibt es vier Quellen:

1. Waffenverkauf durch die kürzlich unterworfenen Stämme Südmarokkos und des Rifs.

Die sehr harten Strafmaßnahmen, die die Entdeckung versteckter Waffen auslöste, haben die Araber des Nordens genötigt, sich ihrer Waffen dadurch zu entledigen, daß sie sie vorschriftsgemäß ablieferten oder aber lieber noch an die Stämme im Süden verkauften. Sie verkaufen ihnen ebenfalls die in Marokko gestohlenen Waffen.

2. Bewaffnung der unterworfenen Stämme in Mauretanien.

Im Gegensatz zu den Vorgängen im Norden wurden in Mauretanien die Stämme, die sich unterworfen hatten, bis vor einigen Jahren bewaffnet. Da man sie gegen die Einfälle der Räuberbanden nicht zu schützen vermochte, zog man es nämlich vor, ihnen einen Selbstschutz zu ermöglichen. Es kommt hinzu, daß Kamelreiter zwar in der Lage sind, eine Bande, die mit ihrer Beute flieht, zu verfolgen und zu züchtigen, daß sich hingegen in diesen Wüstengebieten ein Angriff schwer voraussehen läßt. Die Kamelreiter können daher Strafexpeditionen durchführen, stellen aber kaum einen Schutz dar. Doch diese Waffenlieferungen an die Mauren, für die es somit gute Gründe zu geben scheint, haben ihre Gefahren, denn gerät eine Gruppe aus einem noch so unbedeutenden Anlaß mit den französischen Behörden in Streit, so geht sie mit diesen Gewehren ins feindliche Lager über. Man hat es mit Nomaden zu tun, und diese Gewehre wenden sich gegen uns.

3. Waffenschmuggel.

Die zahlreichen Fischkutter, die man überall an der Küste sieht und die keinerlei Kontrolle unterliegen, dienen offenbar häufig zur Tarnung des Waffenschmuggels, den sie entweder im Auftrage ausländischer Mächte oder auch nur aus rein kommerziellen Gründen betreiben, weil die Mauren für Waffen jeden beliebigen Preis zahlen.

4. Markt im Wadi Noun.

Im Wadi Noun gibt es Munitionsfabriken (schlechtes Pulver, Bleikugeln). Die Produktion ist beträchtlich. Die Mauren, die selber ihr Pulver herstellen können und Blei im Lande haben, besitzen hingegen nicht die Möglichkeit, sich Zündblättchen aus Knallsilber zu verschaffen; zwangsläufig besteht ein Schmuggel hierfür.

VORGEHEN GEGEN DIE MAUREN

Vor allem wäre es nötig, die Waffeneinfuhr nach Rio de Oro möglichst zu beschränken und den Waffenschmuggel zu überwachen. Von dieser übrigens entscheidenden Frage abgesehen gibt es drei hauptsächliche Möglichkeiten des Vorgehens: 1. die Überwachung durch Flugzeuge. 2. die Überwachung durch Kamelreiter. 3. wirtschaftliche Zwangsmaßnahmen.

1. Überwachung durch Flugzeuge.

Der alte Grundsatz, wonach Artillerie und Luftwaffe einen Erfolg vorbereiten, die Infanterie ihm Dauer verleiht, hat in der Sahara, wo schon der Begriff der Besetzung sinnlos ist, seine Geltung verloren. Eine Gruppe von dreißig Kamelreitern hat jederzeit die Möglichkeit, sich an einen bestimmten Ort zu begeben und von dort wieder zurückzukehren. Diese Besitzergreifung einer leeren Sandfläche ist völlig belanglos. Ebenso führt die Errichtung eines Forts nur zur Unterwerfung seiner eigenen Oberfläche. Der Einfluß, den Juby als Fort ausübt, ist schon im Umkreis von mehreren Kilometern nicht mehr vorhanden. Im Notfalle kann es als Zuflucht oder als Stützpunkt dienen. Da die Engländer eingesehen haben, daß in solchen Gebieten Strafmaßnahmen wichtiger sind als Besetzung, ist es ihnen gelungen, Mesopotamien allein mit Hilfe ihrer Luftwaffe zu befrieden. Der Erfolg ihrer Politik hat eine Theorie bestätigt, die allzu militärisch eingestellten Köpfen paradox erscheinen mochte. Man kann Nomaden genau so wenig pazifizieren wie das internationale Verbrechertum; sie lassen sich nur überwachen und bestrafen. Es hängt von Ort, Zeit und Umständen ab, ob der gleiche Stamm Freund oder Feind ist. Ein Clan, der in Mauretanien unterworfen und friedlich ist, kann in Rio de Oro fanatisch und kriegerisch werden, wenn er dort an Beutezügen interessiert ist. Er wird friedlich bleiben, wenn die Strafandrohungen ihn abschrecken. Wie die Engländer zu sagen pflegen, gleicht ein Flugverband dem Polizisten, der eine Streife durchführt.

2. Die Überwachung durch die Kamelreiter.

Zweifellos ist Mauretanien nicht völlig pazifiziert. Die Stämme, die dort Weideland suchen, fallen häufig in Rio de Oro ein, und es sind die gleichen, die Beutezüge unternahmen. Und doch ist unsere Flugroute sicher. Die Notlandungen, die wir zwischen Port-Étienne und Saint-Louis vornehmen mußten, machten uns keinen Kummer. Das mag verwunderlich erscheinen, wenn man bedenkt, daß die Mauren auf ihren Beutezügen sehr beweglich sind und Gefangene leicht in feindliches Gebiet verschleppen können, aber man stößt ebenso selten auf einen Beutezug, wie man auf der Straße einem Apachen begegnet. Der Beutezug ist ein besonderer Zufall. Im Gegensatz zu öfteren Behauptungen sind weder Gourp, noch Érable, noch Reine, noch Serre einem Beutezug in die Hände gefallen.

Es ist das eine heikle Frage, denn gerade sie gehört zu den Punkten, über die Streit mit den Spaniern besteht. Die spanische These lautet: »Rio de Oro mag nicht pazifiziert sein, aber Mauretanien ist es genau so wenig. Atar wurde an dem und dem Tage angegriffen. Der und der Offizier unserer Kamelreiter wurde an dem und dem Orte getötet usw.« Diese Angaben stimmen. Man muß nur den entscheidenden Unterschied deutlich machen:

Der gleiche Nomadenstamm verhält sich ruhig in Mauretanien, aber nicht in Rio de Oro. Und man hat es fast immer mit Nomadenstämmen zu tun. Was die Beutezüge angeht, die offensichtlich in Mauretanien ebenso gefährlich sind wie in Rio de Oro, so ist es einerseits unwahrscheinlich, daß man ihnen begegnet, da sie nur wenig Raum einnehmen, und anderseits gehen sie gerade von Rio de Oro aus. Würden sich die Nomadenstämme in Rio de Oro ebenso verhalten wie in Mauretanien, könnten wir unsere Flugroute als gesichert betrachten.
Wenn derartige Ergebnisse in Mauretanien mit so schwachen Kräften und wenigen Kamelreitern erreicht werden konnten, so liegt das daran, daß ein Stamm verhältnismäßig verwundbar und wenig beweglich ist. Er ist wenig beweglich, weil er seine Herden mitführt. Wenn die Nomaden auf ihren Raubzügen während der Flucht durch arme Gegenden die Hälfte ihrer Beute verlieren, bedeutet der Rest für sie noch einen Reingewinn. Ein Stamm kann sich solch einen Verlust nicht leisten. Er ist ein wenig Gefangener des Weidelandes, denn die Wanderung der Herden, die durch die Ergiebigkeit der Brunnen begrenzt ist, vollzieht sich nur langsam. Er ist auch deswegen verwundbar, weil sich die Repressalien leichter gegen Herden als gegen Menschen anwenden lassen. Die hauptsächlichste Vergeltung ist Raub. Vier beherzte Kerle konnten mitunter zweihundert Kamele rauben und vor sich hertreiben. Durch gewisse französische Gegenaktionen wurden ihnen im Laufe der Zeit fünfhundert bis tausend Tiere abgenommen. Die Küste des Rio de Oro könnte von uns als sicher angesehen werden, wenn Spanien weiter im Inneren sehr bewegliche Gruppen von Kamelreitern unterhielte; die Kosten hierfür wären nur unerheblich: Hundertfünfzig bewaffnete und gut geführte Mauren stellen eine schwere Bedrohung dar. Die Noma-

den, die in Mauretanien mit Erfolg angreifen, sind selten zahlreicher. So kann es sich denn auch nicht um Besetzung des Landes oder die Errichtung kostspieliger Stützpunkte handeln.

3. Wirtschaftliche Zwangsmaßnahmen.

Sie können sehr wirksam sein; überdies lassen sie sich leicht anwenden. Die Spanier verdanken ihnen ihre einzigen politischen Erfolge, die nur eine örtliche und vorübergehende Bedeutung hatten, da:

a) diese Zwangsmaßnahmen nur zaghaft angewandt wurden,
b) sie nur in Verbindung mit uns allgemein ausgeübt werden könnten.

Würde man sie erweitern, könnte nach Auffassung der Spanier das Problem des Rio de Oro gelöst werden. Diese Behauptung ist möglicherweise übertrieben. Die Spanier berufen sich auf den Bedarf der Mauren an Stoffen, Zukker, Tee und – in Trockenheitsperioden – auch an Gerste. Auf Grund ihrer Erfahrungen mit den Stämmen, die mit Juby in Berührung kommen, halten sie diesen Bedarf für lebensnotwendig.

Vielleicht sind aber gerade die leichten Versorgungsmöglichkeiten, die sich aus der Nähe Jubys ergeben, der Grund dafür, daß sich die Mauren so sehr an diese Waren gewöhnt haben. Trotzdem würde wahrscheinlich die vorübergehende Schließung der Faktoreien oder Läden, die sie vertreiben, eine sehr wirksame Zwangsmaßnahme sein. Das Gleiche gilt umgekehrt von einer Sperrung der Märkte, auf denen sie ihre Wolle absetzen.

EINFLUSS DER SPANIER

Er ist schwach; sogar in Juby ist es den Offizieren untersagt, sich weiter als ein paar Kilometer vom Fort zu entfernen. Hauptmann Martinez wurde in zwölf Kilometer Entfernung gefangengenommen. Sein Kraftwagen konnte nur deshalb auf dem Strande wiedererlangt werden, weil ein Kriegsschiff zu Hilfe kam, das eine Landung durchführte, und weil die gesamte Eingeborenengarnison ausmarschierte. Zwei Spanier wurden im vergangenen Jahr sogar von den Wällen des Forts entführt. Auf Gouverneur Baron wurde einen Kilometer von Cisneros entfernt ein Anschlag verübt, wobei einer seiner Soldaten den Tod fand. Ould Hajrab, der Mörder Érables konnte ungestraft dem Gouverneur von Juby einen Besuch abstatten, desgleichen auch später der Maure, der Gouverneur Baron zu ermorden versucht hatte; Ahmed ben Lalli, ein Kumpan Ould Hajrabs, der Mörder Gourps, geht täglich in Juby ein und aus usw. Es gibt zahlreiche weitere Beispiele. Offensichtlich entsprechen sie einer politischen Haltung, denn gewisse Strafmaßnahmen könnten leicht ergriffen werden, aber kein Maure hat jemals auch nur die kleinste Gefängnisstrafe absitzen müssen.

SPANIENS POLITISCHE HALTUNG

Spanien befindet sich mit den Mauren nicht im Kriegszustande und beansprucht ihnen gegenüber keinerlei Rechte. Eine Strafmaßnahme ist ein feindlicher Akt oder doch zumindest Bekundung eines Herrschaftsanspruchs. Spanien verzichtet darauf. Es möchte als Nachbar leben und nicht als Herr auftreten. Es geht somit um jeden Preis allem aus dem Wege, was ohne sein Zutun einen Kriegszustand hervorrufen könnte. Beispiel: Es besteht deshalb ein Ausgehverbot, weil die Ermordung eines Soldaten in einem Scharmützel die Spanier nötigen würde, Repressalien zu ergreifen, um ihr Ansehen zu wahren. Und diese Repressalien könnten sie noch zu weiteren

Schritten zwingen. Sie wären dann nicht mehr Herr ihrer Entschlüsse. Es kann dahingestellt bleiben, ob Spanien in seiner gegenwärtigen politischen und finanziellen Lage imstande wäre, den Rio de Oro zu unterwerfen, oder ob es das einfach nicht will; jedenfalls ist es offenbar zwecklos, die Militärs in Cap Juby der Schwäche zu zeihen, wenn allgemeinere Erwägungen ihre Haltung bestimmen. Für uns ist das im übrigen sehr viel schwerwiegender.

FRIEDLICHE DURCHDRINGUNG

Es ist sicher, daß diese Art des Vorgehens beispielsweise in Südmarokko zu günstigen Ergebnissen führt; dort gelang es uns, gewisse Stämme gefügig zu machen und ihr Gebiet unserem Einfluß zu öffnen, ohne daß wir einen Flintenschuß abzufeuern brauchten. Aber hier handelt es sich um beständige Elemente. Die ersten politischen Freundschaften eines vorgeschobenen Postens ziehen weitere Kreise, und der Fanatismus, das einzige Hindernis, weicht nach und nach der Gewohnheit. Hinsichtlich des Rio de Oro bestehen jedoch zwei Unterschiede:

1. Die Mauren bewundern vor allem die Stärke, und ein Gespräch wird nur insoweit eine Wirkung auf sie ausüben, als es Ausdruck von Macht ist, selbst wenn sie nicht zur Anwendung gelangt. Da sie einen falschen, räuberischen und unbeständigen Charakter haben, ist es nutzlos, sie vorübergehend zum Verständnis eines beliebigen Gesichtspunkts zu bewegen. Kein Ergebnis ist jemals gesichert. Die gleichen Ait Gout, die sich heute wieder mit Spanien versöhnen und die Rückzahlung des Lösegelds anbieten, werden morgen, wenn sich die Verhältnisse geändert haben, einen Piloten gefangennehmen und ihre Interessen anders ausrichten. Wenn sie einen anderen Markt für ihre Wolle gefunden haben, werden sie ihren

nächsten Gefangenen teurer verkaufen. In den freundschaftlichen Unterhaltungen, hinter denen fortdauernde Macht steht, muß man mit den Ideen jonglieren.

2. Die Mauren sind Nomaden. Ihr geistiger Zustand wird durch Zeit, Ort und Umstände bestimmt. Die Gefühlskomplexe »Dankbarkeit, Freundschaft, Achtung usw.«, auf denen sich eine friedliche Durchdringung beständiger Elemente gründet, verlieren ihren Sinn, wenn es sich um Nomaden handelt, deren soziale Verhältnisse den Geist anders geformt haben. Es ist unsinnig, sich auf die Dankbarkeit der Mauren zu verlassen, ebenso wie es unsinnig wäre, ihnen irgendwelche Undankbarkeit zum Vorwurf zu machen. Das Gefühl der Dankbarkeit, im europäischen Sinne verstanden, ist das Ergebnis bestimmter Lebensbedingungen, bei denen menschliche Beziehungen und Bedürfnisse beständig sind, während irgendein Nomadenstamm, der heute ein Bedürfnis verspürt, morgen wieder ein ganz anderes Bedürfnis haben wird. Die Begriffe »Dankbarkeit« und »Freundschaft« erhalten eine viel verschwommenere Bedeutung. Ich glaube nicht, daß die Freundschaften, die Reine und Serre bei den Reguelbat schlossen, denen gleichwertig sind, die sie etwa in Südmarokko hätten erlangen können. Man wird bestimmt Schiffbruch erleiden, wenn man sich von dieser friedlichen Durchdringung zuviel erhofft.

Im übrigen zeigen ja auch die Tatsachen, daß die Spanier, trotz vieler politischer Bemühungen, aber keiner militärischen Anstrengung, nach jahrelanger Besetzung nicht in zwei Kilometer Entfernung von Cap Juby spazieren gehen können.

FOLGEN FÜR DIE AUSRICHTUNG DIESER FRIEDLICHEN POLITIK

Diese Politik handelt ihren eigenen Zielen zuwider. Um sie zu verstehen, muß man wiederum bedenken, daß die Mauren eitle, ruhmredige und geschwätzige Südländer sind. Jeder Vorgang, den sie als einen Erfolg betrachten, wird von ihnen vergrößert und in eine Legende verwandelt, worauf er als Anreiz wirkt. Ein liebenswürdiges Zugeständnis, das ihre Eitelkeit schnell in eine Bestätigung ihrer Macht umwandelt, wird dieses ihr Machtgefühl steigern und sie in ihrer Verachtung der »Ungläubigen« bestärken. Und durch diese seltsame Umkehr kann ein Annäherungsversuch ihrem Fanatismus Nahrung geben.

So ist denn auch die Ablehnung strenger Maßnahmen, obwohl sie mit der allgemeinen Politik Spaniens im Einklang steht, kein neutraler Vorgang und bleibt nicht ohne Rückwirkungen.

Zuweilen ist der Charakter der Mauren daran schuld, daß bestimmte, unseren Interessen abträgliche Handlungen die Folge sind.

Zu der Zeit, als Érable und Gourp durch Ould Hajrab ermordet wurden, unterhielten wir mit den Mauren von Cap Juby herzliche Beziehungen. Doch am Tage, nachdem der Mörder durch den Gouverneur empfangen wurde, nahmen die gleichen Mauren gegen uns eine drohende Haltung ein. Eine Notlandung wäre damals recht gefährlich gewesen. Das mag paradox klingen. Das Fehlen von Strafmaßnahmen hätte zu einer Entspannung führen müssen. Aber gerade in diesem Punkte wurde der maurische Charakter bedeutsam. Ould Hajrabs Straflosigkeit wurde zu einer Bestätigung seiner Stärke, und die Mauren zogen es vor, sich an diesem Gefühl ihrer Stärke zu wei-

den, statt sich an ihrer Freundschaft mit uns zu erfreuen, die für ihre Eitelkeit weit weniger schmeichelhaft war.
Nachdem sie sich als gute Freunde gezeigt hatten, wurden sie zu Feinden, als ihr Selbstbewußtsein erwachte. Diese Haltung schmeichelte ihnen, da sie sich dadurch als Sieger fühlten. Und Ould Hajrabs Ansehen wurde so groß, daß dieser einflußlose Maure rings um Juby 150 Bewaffnete anwerben und an ihrer Spitze nach Port-Étienne aufbrechen konnte.
Wäre eine Bestrafung erfolgt, hätte dieser Mord nicht ihre Eitelkeit gefördert und sie nicht zu Feinden gemacht.

HALTUNG SPANIENS GEGENÜBER DER FLUGROUTE

Aber Spanien scheint niemals die Absicht gehabt zu haben, uns unsere Aufgabe zu erleichtern.
Es sieht nicht so aus, als wenn die Sicherung einer internationalen Flugstrecke, die nicht nur von unseren Postflugzeugen, sondern von allen großen europäischen Luftlinien beflogen wird, eine Militärmacht unter die Knechtschaft von Sonderinteressen bringen würde. Da ja Spanien selber bei Auseinandersetzungen *implizite* zugibt, daß Rio de Oro eine Flugstrecke ist und hieraus ihren Tauschwert herleitet, wäre es nur logisch, wenn es seinerseits zu ihrer Sicherheit beitrüge. Wir haben gesehen, daß die Lösung des Problems mit geringen Unkosten möglich wäre und nicht einmal die Befriedung des Rio de Oro erfordern würde. Einige Kamelreiter, zuweilen Strafmaßnahmen, und die Küste ist sicher.
Diese völlige Gleichgültigkeit gegenüber einem Problem, das seit vier Jahren nicht einen Schritt vorangekommen ist, scheint, wenn man sie im Zusammenhang mit einigen

symptomatischen Zwischenfällen betrachtet, auf eine besondere politische Einstellung hinzudeuten.

SPANIEN BETRACHTET UNS ALS KONKURRENTEN

Herr Hauptmann Navarro, damals vorübergehender Kommandant der Staffel in Cap Juby, hat mir gesagt: »Wir haben kein Interesse daran, euch zu helfen. Je mehr ihr Verdruß habt, um so mehr Post werden wir über unsere künftige Luftlinie Sevilla–Buenos Aires leiten.« Wenn man auch der launenhaften Äußerung eines einzelnen keine zu große Bedeutung beimessen sollte, müssen wir sie doch im Zusammenhang mit Maßnahmen sehen, die geeignet erscheinen, unseren Flugverkehr zu behindern, ohne daß sie durch die Eingeborenenpolitik Spaniens gerechtfertigt wären.

1. Zwei Tage, bevor wir unsere Fluglinie nach Amerika eröffneten, wurden uns unsere Flugzeughalle und unser Lagerhaus in Cap Juby entzogen. Spanien hatte offensichtlich das Recht, unsere auf militärischem Gelände gelegenen Anlagen zu beschlagnahmen, aber die Vorankündigung, die drei Tage zuvor in ultimativer Form an uns erging, reichte nicht aus, um uns irgendeine Entscheidung zu ermöglichen, sie ließ sich allenfalls in Kriegszeiten rechtfertigen.

2. Seit neun Monaten erhielten wir nicht die Genehmigung zum Bau einer Flugzeughalle und nicht einmal zur Errichtung einer Holzhütte in der Nähe der Startbahn, wo wir bei jeder Landung die Flugpapiere ohne Zeitverlust hätten in Ordnung bringen können.

3. Seit zehn Monaten gelingt es uns nicht, die Genehmigung zum Abstecken der Flugplätze in Juby und Cisneros zu erlangen, was für unsere Flugzeuge einen großen Zeitgewinn bedeutet hätte.

4. Seit vier Jahren gelingt es uns nicht, die Genehmigung zur Errichtung einer Flugzeughalle, einer Werkstatt und eines Ersatzteillagers in Cisneros zu erhalten.
Diese Maßnahmen bedeuten eine unmittelbare Behinderung unseres Flugverkehrs, ohne daß sie aus militärischen Gründen gerechtfertigt wären.

SCHLUSSFOLGERUNG

Es bestände Interesse daran:
1. sich mit Spanien über etwaige wirtschaftliche und militärische Strafmaßnahmen zu verständigen,
2. zwei Unfallstationen in Wadi Noun und Bojador einzurichten. Die Dienste, die uns Tiznit im Norden und Nouatchott im Süden leisten, sind eine Gewähr für die Aufgabe, die sie erfüllen würden,
3. Flugzeughallen und abgesteckte Flugplätze auf dem Gebiete des Rio de Oro zu erhalten.
Hingegen könnte die Mitarbeit der Gesellschaft bei militärischen Operationen, wie sie Herr Chazal (Bericht Amet) befürwortet, Mauretanien vielleicht Vorteile bringen; für die Gesellschaft wäre sie jedoch verhängnisvoll. Die Mauren unterscheiden schon seit langem das Militärflugzeug vom Handelsflugzeug. Es ist völlig unnötig, einen Blutzoll zu zahlen und die Besatzungen und Postflugzeuge Vergeltungsmaßnahmen auszusetzen, die im Falle von Notlandungen unweigerlich erfolgen würden. Wenn Spanien eines Tages dem Grundsatz der Luftangriffe in Rio de Oro Geltung verschaffen sollte, sehe ich durchaus nicht ein, weshalb es dann notwendig wäre, diese Angriffe durch Handelsflugzeuge durchführen zu lassen.
Wir müssen uns schützen lassen, nicht aber uns selber schützen. Es ist das eine geschicktere Politik gegenüber den Mauren.

ÜBER DIE VERSUCHSFLIEGER

Vorwort zu einem Werk über Versuchsflieger, das Jean-Marie Conty im Jahre 1939 herausgab

Jean-Marie Conty wird euch hier von Versuchsfliegern erzählen. Conty ist Polytechniker und glaubt an Gleichungen. Er hat recht. Durch Gleichungen wird die Erfahrung auf Flaschen gezogen. Aber im Grunde geschieht es selten im Bereiche der Praxis, daß die Maschine aus der mathematischen Analyse auf die gleiche Weise hervorgeht wie das Küchlein aus dem Ei. Die mathematische Analyse geht zuweilen der Erfahrung voraus, aber häufig begnügt sie sich damit, die Erfahrung zu registrieren, was im übrigen eine wichtige Aufgabe ist. Grobe Messungen ergeben, daß die Veränderungen eines bestimmten Phänomens durch den Zweig von Hyperbeln vollkommen wiedergegeben werden. Der Theoretiker registriert somit diese experimentellen Messungen durch fromme analytische Bemühungen, daß es gar nicht anders sein konnte. Sobald ihm dann schärfere Messungen gestatten, seine Kurve, die nunmehr der Kurve einer ganz anderen Formel weit ähnlicher ist, genau zu präzisieren, wird er das Phänomen noch genauer durch diese neue Gleichung registrieren. Aber er wird auch, durch genau so fromme Bemühungen, beweisen, daß sich das von Ewigkeit her voraussehen ließ.

Der Theoretiker glaubt an die Logik. Er glaubt, den Traum, die Intuition und die Dichtung verachten zu dürfen. Er sieht nicht, daß sie sich verkleidet haben, diese drei Feen, um ihn wie einen verliebten Fünfzehnjährigen zu verführen. Er weiß nicht, daß er ihnen seine schönsten Einfälle verdankt. Unter den Namen »Arbeitshypothese«, »zufällige Umstände«, »Analogien« hatten sie sich vorgestellt; wie hätte er denn ahnen können, der Theoretiker, daß er die gestrenge Logik hinters Licht führte, und daß er, als er ihnen sein Ohr lieh, die Musen singen hörte ...

Jean-Marie Conty wird euch vom schönen Dasein der Versuchsflieger erzählen. Doch er ist Polytechniker gewesen. Und er wird euch versichern, der Versuchsflieger werde für den Ingenieur bald nur noch ein Meßinstrument sein. Und freilich bin ich seiner Ansicht. Auch ich glaube, daß der Tag kommen wird, an dem wir uns, wenn wir an etwas leiden, ohne zu wissen warum, Ärzten anvertrauen werden, die uns, ohne uns auch nur zu fragen, mit einer Spritze etwas Blut abzapfen, daraus einige Konstanten herleiten, die sie miteinander multiplizieren; nachdem sie dann eine Logarithmentafel zu Rate gezogen haben, werden sie uns mit einer Pille kurieren. Und doch werde ich mich, wenn ich krank bin, vorläufig noch an den alten Landarzt wenden, der mich von der Seite ansieht, mir den Bauch abklopft, ein altes Taschentuch an meine Schultern drückt, durch das hindurch er mich abhorcht, dann etwas hustet, seine Pfeife anzündet, sich das Kinn reibt – und mich anlächelt, um mich so besser zu kurieren.

Ich glaube noch an Coupet, Lasne oder Détroyat, für die das Flugzeug nicht nur eine Ansammlung von Parametern ist, sondern ein Organismus, den man abhört. Sie landen. Schweigend gehen sie rings um den Apparat herum. Mit den Fingerspitzen streicheln sie den Rumpf, tätscheln den Flügel. Sie rechnen nicht; sie sinnen nach. Dann wenden sie sich an den Ingenieur und sagen bloß: »Ich hab's ... man muß die Tragflächen verkürzen.«

Ich bewundere die Wissenschaft, gewiß. Aber ich bewundere auch die Weisheit.

REPORTAGEN

MOSKAU 1935

Saint-Exupéry fuhr im Auftrag der Tageszeitungen »Paris Soir« und »L'Intransigeant« im Jahre 1935 nach Moskau. Nachstehend folgen Auszüge aus seinen Berichten. Am Vorabend des 1. Mai umwanderte er den Kreml. Ein Ordungsdienst überwacht Tag und Nacht dieses Stadtviertel, in dem Stalin lebt. Es ist verboten, an den Wällen entlangzuschlendern. Wachtposten beschützen den Mann, der auf Rußland »wie ein Sauerteig, wie ein Ferment« wirkt.

2. Mai 1935

Seltsame Macht. Stalin bestimmte eines schönen Tages, ein Mann, der seinen Namen zu Recht führe, dürfe sich nicht vernachlässigen, und unrasierte Gesichter seien ein Zeichen der Erschlaffung. Schon am Tage, nachdem die Anordnung ergangen war, ließen Werkmeister in den Fabriken, Abteilungsleiter in den Warenhäusern, Professoren in den Fakultäten keine Männer zur Arbeit zu, die mit schwarzem Kinn erschienen waren.

»Ich hatte keine Zeit«, sagte der Schüler.

»Ein guter Schüler«, antwortete der Lehrer, »findet stets Zeit, seinen Vorgesetzten zu ehren.«

Auf diese Weise schenkte Stalin von einem Tag auf den anderen Rußland frische und verjüngte Gesichter und befreite das Land mit einem Schlage von seinem Schmutz. So lautete die Parole, aber was für eine Wirkung ging von ihr aus! Ich habe auf den Moskauer Straßen nicht einen

einzigen Polizisten, Soldaten, Kellner oder Passanten gesehen, der nicht frisch rasiert gewesen wäre.
Und man hat den Eindruck, daß die Planung, wenn sie erst einmal die Bekleidung der Stadt mit ihrem Zauberstab anrührt, auf einmal die Moskauer Straßen erhellen wird, denen Mützen und Arbeitsanzüge noch ein graues und trauriges Aussehen verleihen.
Das war der unsichtbare Mann, der dort im Kreml schlief, und der sich am nächsten Tage der Öffentlichkeit zeigen sollte.
Ich hatte schon zu meinem Schaden erfahren, daß es nicht ohne Nachteile abgeht, wenn man einen Gott aus seinem Tabernakel hervorholt, denn man hatte es abgelehnt, mich als Zuschauer auf dem Roten Platz zuzulassen. Ich hätte schon früher in Moskau eintreffen müssen, denn jedes Gesuch bot Anlaß zu einer langwierigen Einzeluntersuchung, einer strengen Auslese. Ich hatte nicht mehr die Zeit, den gesamten Verwaltungsapparat in Gang zu setzen; weder die Botschaft, noch meine Freunde und meine Bemühungen konnten etwas daran ändern. Im Umkreise von einem Kilometer rings um Stalin konnte sich niemand einschmuggeln, dessen Personenstand und Vorleben nicht überprüft, abermals überprüft und, um ganz sicher zu gehen, ein drittes Mal überprüft worden wären.
Als ich am 1. Mai bei Tagesanbruch auf der Straße etwas Luft schöpfen wollte, fand ich die Hoteltür verschlossen, und man teilte mir lediglich mit, sie werde erst um fünf Uhr nachmittags wieder geöffnet werden. Alle, die keine Karte besaßen, waren Gefangene.

Mai 1935

Hier ist eine schöne Geschichte, die mir ein Freund erzählt hat. Da er seinen Zug versäumt hatte, verbrachte er einen Nachmittag im Wartesaal einer entlegenen Kleinstadt. Er bemerkte dort Kleiderbündel und hundert ungewöhnliche Gegenstände, wie etwa Samoware, die er für das Eigentum von Reisenden hielt. Als es zu dunkeln begann, sah er indessen die Eigentümer der Kleiderbündel nacheinander den Wartesaal wieder betreten. Sie kamen mit kleinen und ruhigen Schritten von ihren gewohnten Beschäftigungen zurück. Sie hatten ihre Besorgungen in den Kaufläden gemacht und fingen an, ihre Suppe zu kochen. Es herrschte eine vertrauensvolle Stimmung wie in einer alten Familienpension. Man sang, man putzte Kindern die Nase. Mein Freund erkundigte sich beim Stationsvorsteher:

»Was tun die denn hier?«

»Sie warten«, antwortete ihm der Stationsvorsteher.

»Worauf warten sie?«

»Auf die Genehmigung zur Abreise.«

»Wohin wollen sie denn reisen?«

»Sie wollen abreisen, den Zug nehmen.«

Der Stationsvorsteher war nicht erstaunt. Sie wollten einfach abreisen. Ganz gleich, wohin. Um ihr Geschick zu erfüllen. Um neue Sterne zu entdecken, da ihnen die hiesigen verbraucht vorkamen. Mein Freund bewunderte vor allem ihre Geduld: zwei Stunden Wartesaal erschienen ihm schon unerträglich, durch drei Tage wäre er wahnsinnig geworden. Aber im Saale sang man vor sich hin, neigte sich friedlich über den Samowar. Da ging er wieder zum Stationsvorsteher und erkundigte sich:

»Und wie lange warten sie schon?«

Der Stationsvorsteher lüftete die Mütze, kratzte sich die Stirn und teilte das Ergebnis seiner Berechnungen mit:

»Das sind wohl jetzt fünf oder sechs Jahre.«

Denn ein Teil des russischen Volkes hat eine Nomadenseele. Es hält ihn nicht in seinen Behausungen. Er wird von der alten Sehnsucht der Asiaten geplagt und möchte sich in Marsch setzen, in Karawanen unter den Sternen ziehen. Diese Leute sind ständig im Aufbruch, um irgend etwas zu suchen: Gott, die Wahrheit oder die Zukunft. Und da Häuser die Menschen zu fest mit dem Boden verbinden, entledigen sie sich ihrer bereitwilliger als anderswo.

Wie könnte man diese Loslösung begreifen, wenn man aus Frankreich kommt, wo das Häuschen, das auf einem kleinen Landgut seine ruhige Rauchfahne wie Wolle spinnt, eine so gebieterische Anziehung ausübt?

Hier lieben sie die weite Welt. Sie sind vielleicht vor allem in ihrem Traume zu Hause. Man muß sie die Erde erst lehren. Man muß sie das Konkrete lehren. Und die Regierung kämpft gegen diese ewigen Pilger. Gegen den inneren Ruf der Menschen, die einen Stern gewahr wurden. Man muß sie daran hindern, sich nach Norden, nach Süden in Marsch zu setzen und aufs Geratewohl unsichtbaren Strömungen zu folgen. Da die Revolution beendet ist, muß man sie daran hindern, sich auf ein neues soziales Regime hin in Marsch zu setzen. Ist das nicht das Land, in dem Sterne Feuersbrünste entzünden?

Deshalb baut man Häuser, um die Karawanenreisenden anzulocken. Man vermietet keine Wohnungen, sondern man verkauft sie. Man führt einen Paß für Reisen im Inneren ein. Und diejenigen, die ihre Augen allzusehr zu den gefährlichen Himmelszeichen erheben, schickt man nach Sibirien, wo die Winter mit sechzig Grad Kälte wie ein Walzwerk über sie hinweggehen.

Und so züchtet man vielleicht einen neuen, beständigen Menschen, der in seine Fabrik und seine menschliche Umgebung verliebt ist, so wie ein Gärtner in Frankreich seinen Garten zu lieben weiß.

Fräulein Xavier* ist zweiundsiebzig Jahre alt, und Fräu-

* Fräulein Xavier ist eine der etwa 300 Französinnen, die in der zaristischen Zeit als Lehrerinnen und Gouvernanten in Moskau tätig waren und nun (1935) als Sechzig- bis Siebzigjährige in der Viermillionenstadt ein fast verborgenes Dasein führen.

lein Xavier weint. Ich bin der erste Franzose, der seit dreißig Jahren bei ihr Platz nimmt. Fräulein Xavier wiederholt zum zwanzigsten Male: »Wenn ich das nur gewußt hätte ... wenn ich das nur gewußt hätte ... ich hätte das Zimmer so schön hergerichtet.« Und mein Blick fällt auf die offenstehende Tür, und ich denke an die fremden Leute, die ebenfalls hier wohnen und unser heimliches Stelldichein zwölfmal denunzieren werden. Ich habe noch recht romanhafte Vorstellungen. Fräulein Xavier macht dem Märchen ein Ende:

»Die Tür habe ich absichtlich offengelassen«, gesteht sie mir stolz.

»Ich empfange doch einen so schönen Besuch. Alle Nachbarinnen werden neidisch darauf sein.«

Und Fräulein Xavier erzählt mir vom dunkelsten Tage der Revolution. An jenem Vormittage hatte man ihr Krawatten, die alte Leute loswerden wollten, zum Verkauf übergeben.

Fräulein Xavier hat keine Soldaten, keine Maschinengewehre und keine Toten gesehen. Sie war zu sehr damit beschäftigt, sich durch die Krawatten, die – wie sie mir sagte – Furore machten, ein paar Kopeken zu verdienen.

Arme alte Gouvernante! Das soziale Abenteuer versagte sich ihr, wie sich das Liebesabenteuer ihr versagt hatte. Das Abenteuer wollte nichts von ihr wissen. So hat es vielleicht auf den Piratenschiffen einige sanfte alte Weiblein gegeben, die niemals etwas bemerkten, da sie ja so sehr damit beschäftigt waren, die Hemden der Seeräuber zu flicken.

Freilich wurde sie eines Tages während einer Razzia festgenommen und mit zwei- oder dreihundert Verdächtigen in einem dunklen Korridor eingesperrt. Bewaffnete Soldaten schleusten die Gefangenen nacheinander zur Vernehmung durch, wo die Lebenden von den Toten geschieden wurden.

»Die Hälfte der Gefangenen«, sagte sie mir, »wurde nach der Vernehmung ins Kellergeschoß abgeführt.« Nun schön, auch in dieser Nacht nahm das Abenteuer für sie ein recht gutmütiges Gesicht an. Während Fräulein Xavier auf ihrem Hüftknochen über dunklen Zisternen lag, in denen man in der Ewigkeit versank, erhielt sie eine Scheibe Brot und drei gebrannte Mandeln zum Abendessen. Die drei gebrannten Mandeln erklärten vielleicht auf eine sinnfällige Weise die Entbehrungen dieses Volkes.

.... Fräulein Xavier wurde durch das Abenteuer wie ein ganz kleines Mädchen behandelt. Und doch nagte eine schwere Sorge an ihr. Wem sollte sie das Federbett anvertrauen, das sie im Augenblick ihrer Verhaftung gekauft hatte? Sie schlief darauf, und als man sie zur Vernehmung rief, wollte sie sich nicht davon trennen. Und so erschien sie vor ihren Richtern, indem sie ihr gewaltiges Federbett gegen ihre winzige Person preßte. Fräulein Xavier bewahrt Erinnerungen an ihre Vernehmung, aus denen gerechte Entrüstung spricht. Männer thronten, von Soldaten umringt, an einem großen Küchentisch. Der Präsident prüfte die Papiere mit einer Lässigkeit, die von seiner schlaflosen Nacht herrührte. Und dieser Mann, bei dem sich die Wege schieden, die unweigerlich zum Leben oder zum Tode führten, – dieser Mann hatte sie schüchtern gefragt, während er sich hinterm Ohr kratzte:

»Ich habe eine zwanzigjährige Tochter, Fräulein, könnten Sie ihr nicht Stunden geben?«

Und Fräulein Xavier hatte das Federbett gegen ihr Herz gepreßt und ihm mit vernichtender Würde geantwortet:

»Sie haben mich verhaftet. Richten Sie mich! Morgen, wenn ich dann noch am Leben bin, können wir über Ihre Tochter reden.«

Und sie fügte an jenem Abend mit leuchtenden Augen hinzu:

»Sie wagten mich nicht mehr anzusehen; so sehr haben sie sich alle geschämt.«
Ich habe Achtung vor diesen liebenswürdigen Illusionen. Und ich sage mir: Der Mensch wird nur *die* Welt gewahr, die er schon in sich selber trägt. Es braucht eine gewisse Spannweite, um dem Erhabenen die Stirn zu bieten und seine Botschaft zu empfangen ...

Fräulein Xavier hat an diesem Abend zehn alte Französinnen, die alle so sind wie sie, in der schönsten der zehn Wohnungen vereinigt. Es ist eine reizende kleine Wohnung, die die Inhaberin selber ausgemalt hat. Ich habe den Porto, die Weine und Liköre gestiftet. Wir sind alle ein wenig betrunken und singen alte Lieder. Ihre Jugend steigt ihnen in die Augen, und so weinen sie, und ihre zwanzig Jahre steigen ihnen ins Herz, denn sie nennen mich nur noch ›*mon chéri*‹. Ich bin eine Art Märchenprinz, trunken von Ruhm und Wodka, inmitten all dieser alten Dämchen, die mich küssen.
Eine außerordentlich gesetzte Persönlichkeit tritt ein. Es ist ein Rivale. Jeden Abend kommt er hierher, um Tee zu trinken, französisch zu sprechen und Gebäck zu essen. Aber heute abend setzt er sich an eine Tischecke, streng und sauertöpfisch.
Und die alten Dämchen wollen ihn mir in seinem ganzen Glanze zeigen.
»Es ist ein Russe«, sagen sie mir, »und wissen Sie, was er getan hat?«
Ich weiß es nicht. Ich suche. Die Persönlichkeit nimmt eine immer bescheidenere Miene an. Eine bescheidene und nachsichtige Miene. Es ist die Bescheidenheit eines Grandseigneurs. Doch sie umringen ihn, sie bedrängen ihn.
»Erzählen Sie doch unserem Franzosen, was Sie im Jahre 1906 getan haben!«

Die Persönlichkeit spielt mit ihrer Uhrkette. Sie läßt die Dämchen schmachten. Schließlich läßt er sich erweichen, wendet sich zu mir und läßt nachlässig, aber unter deutlicher Betonung, die Worte fallen:
»1906 habe ich in Monaco Roulette gespielt.«
Und nun klatschen die kleinen alten Dämchen in die Hände und triumphieren. –
Gegen ein Uhr muß ich schließlich nach Hause gehen. Man gibt mir feierlich das Geleit bis zum Taxi. Ich habe eine kleine Alte an jedem Arm, – eine kleine Alte, die nicht im Schritt geht. Heute bin *ich* die Duenja.

BARCELONA 1936

Anfang August 1936 startete Saint-Exupéry im Flugzeug nach Barcelona. Von einem Besuch der Front bei Lerida schickte er folgenden Bericht, den »L'Intransigeant« veröffentlichte.

Innerhalb von zwei Tagen, die ich an der Front damit verbrachte, mich auf den Wegen vorwärtszutasten, habe ich nicht einen Schuß gehört. Ich konnte nichts feststellen, außer den gewohnten Straßen, die nirgends hingelangen. Sie schienen freilich weiterzuführen, durch neue Ernten und neue Weinlesen, aber es handelte sich da um eine andere Welt. Sie wurden für uns zu verbotenen Wegen, wie jene Straßen in Überschwemmungsgebieten, die langsam im Wasser versinken. Auf den Kilometersteinen las man zwar: Saragossa 15 Kilometer. Aber Saragossa schlief wie Vineta unerreichbar unter dem Meere.

Gewiß hätten wir mit etwas mehr Glück jene entscheidenden Punkte erreichen können, wo die Artillerie brummt und die großen Generäle kommandieren. Aber es gibt so wenig Truppen, so wenig Generäle, so wenig Artillerie. Zweifellos hätten wir auf marschierende Massen stoßen können: Es gibt an der Front Knotenpunkte, wo gekämpft und gestorben wird. Aber es bleibt soviel Raum dazwischen. Überall, wo ich meine Beobachtungen anstellte, glich die Front einer großen offenen Tür.

Und obwohl es Strategen und Kanonen und Truppentransporte gibt, scheint es mir, daß sich der Krieg hier nicht mehr abspielt. Ein jeder wartet darauf, daß etwas aus dem Unsichtbaren entspringt. Die Rebellen warten darauf, daß sich Parteilose in Madrid zu ihren Anhängern erklären ... Barcelona wartet darauf, daß Saragossa nach einem inspirierten Traum sozialistisch aufwacht und fällt ... Der Gedanke marschiert; der Gedanke belagert, mehr als der Soldat ... Er ist die große Hoffnung und der große Feind. Es scheint mir, daß Fliegerbomben, einige Granaten und einige Milizsoldaten für sich allein nicht die Macht haben zu siegen. Ein jeder Verteidiger, der sich verschanzt hat, ist stärker als hundert Angreifer ... Aber vielleicht ist der Gedanke auf dem Marsche ... Von Zeit zu Zeit wird angegriffen. Von Zeit zu Zeit wird der Baum geschüttelt. Aber das geschieht nicht, um ihn zu entwurzeln, sondern um festzustellen, ob die Frucht reif ist. Dann fällt eine Stadt ...

Ein Freund berichtet mir soeben folgendes Erlebnis: Er schlendert eine leere Straße entlang, als ein Milizsoldat ihn anruft:
»Gehen Sie auf der Fahrstraße!«
Und der Freund, der zerstreut ist, gehorcht nicht. Da legt der Milizsoldat sein Gewehr an, zielt, verfehlt ihn. Aber die Kugel hat den Hut durchlöchert. Und der Fußgänger, dem wieder Respekt vor den Waffen beigebracht wurde, verläßt den Gehsteig und geht auf der Fahrstraße weiter. Der Milizsoldat, der eben den Hahn für den zweiten Schuß gespannt hat, zögert, dann läßt er das Gewehr sinken und ruft mürrisch:
»Sind Sie taub?«
Und dieser vorwurfsvolle Ton erscheint mir hier erstaunlich.

Gestern habe ich einige Aufnahmen von unserer Garnison gemacht. Jedes Hotel hat seine eigene Garnison, und ich suche einen großen braunen Burschen, um ihm sein Porträt zu überreichen:

»Ich habe ein Photo von ihm. Wo steckt er?«
Man sieht mich an, kratzt sich am Kopf, dann gesteht man mir in bedauerndem Tone:
»Wir haben ihn erschießen müssen ... Er hatte einen Faschisten denunziert ... Wir haben daher den Faschisten erschossen. Und heute früh haben wir erfahren, daß er gar kein Faschist, sondern ein Rivale war.«

Als ich abends aus Barcelona zurückkomme, beuge ich mich aus dem Fenster eines Freundes, um ein kleines geplündertes Kloster zu betrachten. Die Decken sind eingestürzt, in den Mauern klaffen breite Lücken, der Blick durchstöbert die bescheidensten Geheimnisse.
Und ich muß unwillkürlich an die Termitenhaufen in Paraguay denken, die ich mit einem Hackenschlag aufschlitzte, um ihr Geheimnis zu ergründen. Und gewiß war auch dieses kleine Gotteshaus für die Sieger, die es aufschlitzten, nur ein Termitenhaufen. Diese Nönnchen, die ein Fußtritt der Soldateska plötzlich ans Licht beförderte, begannen hierhin und dorthin zu laufen, die Wände entlang zu huschen, und die Menge hat die Tragödie nicht bemerkt.
Wir aber sind keine Termiten. Wir sind Menschen. Für uns zählen nicht die Gesetze der Zahl und des Raumes. Durch seine Rechnungen wägt der Physiker in seinem Dachstübchen die Bedeutung der Stadt ab. Der Krebskranke, der in der Nacht aufwacht, ist eine Heimstatt des menschlichen Schmerzes. Ein einziger Bergmann ist es vielleicht wert, daß tausend Menschen sterben. Wenn es um Menschen geht, vermag ich nicht mehr, diese abscheuliche Arithmetik anzuwenden. Wenn man mir sagt: »Was bedeuten denn diese zwölf Opfer im Vergleich zu der ganzen Bevölkerung? Was bedeuten diese paar verbrannten Gotteshäuser im Vergleich mit einer Stadt, deren

Leben weitergeht? Wo ist denn der Terror in Barcelona?«, so lehne ich diese Maßstäbe ab. Das Reich der Menschen läßt sich nicht vermessen.

Einer, der sich in seinem Kloster, seinem Laboratorium, seiner Liebe abschließt und anscheinend nur zwei Schritt von mir getrennt ist, wird in Wahrheit von tibetanischen Einsamkeiten umgeben und lebt in einer Entfernung, die ich durch keine Reise je überbrücken werde. Wenn ich jene ärmlichen Mauern einreiße, weiß ich nicht, welche Kultur dadurch für immer versinkt, so wie Atlantis in den Fluten versank.

Rebhuhnjagd in den Büschen. Ein junges Mädchen, das inmitten ihrer Brüder von der Kugel getroffen wird. Nein, der Tod ist es nicht, der mich erschreckt. Er scheint mir fast süß zu sein, wenn er mit dem Leben in Verbindung steht.

Ich stelle mir gerne vor, daß in diesem Kloster ein Sterbetag sogar ein Festtag war. Aber auf einmal dieses ungeheuerliche Vergessen der eigentlichen Menschenwerte, diese Rechtfertigungen, die Jünger der Algebra vorbringen, – das sind die Dinge, die ich ablehne!

Die Menschen haben keine Achtung mehr voreinander. Als seelenlose Gerichtsvollzieher zerstreuen sie ein Mobiliar in alle Winde, ohne zu wissen, daß sie ein Königreich zugrunde richten. Da gibt es Komitees, die sich das Recht zur Säuberung zusprechen, dabei von Maßstäben ausgehen, die sie zwei- oder dreimal abändern, und nichts als Tote zurücklassen. Da gibt es einen General an der Spitze seiner Marokkaner, der mit ruhigem Gewissen die Menschen in Scharen verdammt, wie ein Prophet, der eine Glaubensspaltung ausrottet.

In Spanien sind die Massen in Bewegung, aber der einzelne, der eine Welt bedeutet, ruft aus der Tiefe seines Bergwerksschachtes vergebens um Hilfe.

DIE SCHLACHT UM MADRID 1937

Im Juni 1937 weilte Saint-Exupéry in Madrid als Sonderberichterstatter des »Paris Soir«, der die folgende Schilderung einer Panikstimmung veröffentlichte.

Die Furcht beginnt mit einer leichten Erregung. Das grundlose Schießen ist stärker geworden. Man fürchtete den Feind, als hätte er vom bevorstehenden Angriff Wind bekommen und bereitete nun Gott weiß was für einen Verzweiflungsstreich vor. Man suchte ihn im Dunkeln. Man fürchtete das Opfer, man fürchtete jene grausame Entspannung der Opfer, die man am Nacken anrührt. Ich habe früher einmal kleine Raubtiere gesehen, die sich, trunken vor Angst, in ihrem Loch zusammenkauern. Sie springen dir an die Kehle. Man suchte den stummen Feind, diesen losgelassenen Narren, der im Lande umherstreift und seine Verbrechen ausheckt; man schoß zunächst gegen die Stille. Man glaubte, ihn auf diese Weise deutlich antworten zu hören; man fürchtete die Gespenster, nicht die Menschen. Aber es war ein Gespenst, das antwortete.

Und jetzt hören wir hier, im untersten Laderaum, unser Schiff krachen. Etwas geht langsam aus den Fugen. Das Mondlicht sickert durch die Ritzen. Man wehrt sich gegen dieses Eindringen des Ungreifbaren. Des Mondes, der Nacht, des Meeres. Von Zeit zu Zeit brandet der Sturm heran, und seine Rammstöße erschüttern uns. Durch die Gewehrkugeln wird die Luft dort draußen zum Ersticken, man fühlt sich durch sie wie eingesperrt; aber die Minen, aber die Mörser, die sich jetzt vervielfachen, beunruhigen uns jedesmal wie ein Attentat, wie

das Messer eines Unbekannten, das sich ins Herz bohrt. Jemand flüstert: »Ich wette, sie werden als erste angreifen.«
Die Ausstrahlung dieser Erschütterung ging uns durch Mark und Bein. Die Menschen erzitterten, aber sie wankten nicht. Ich möchte das besser begreifen, was sie so magnetisiert, sie zurückhält. Ich werde morgen den Unteroffizier, meinen Nachbarn, danach fragen, wenn er lebend von seinem Sturmangriff zurückkommt. Ich werde ihm sagen: »Unteroffizier, warum bist du zu sterben bereit?«
Sie wanken nicht, aber sie erzittern unter der Axt. Man fällt den Menschen langsam, wie einen Baum. Er bleibt aufrecht, aber jeder Hieb tritt zu den anderen hinzu. Und so spüre ich in der Nacht alle Zweige erbeben.
Die Maschinengewehre feuern jetzt Funkenströme. Die Gewehrschüsse werden erbitterter. Sie sind nicht mehr das Ergebnis persönlicher Entscheidungen. Etwas kracht die Gräben entlang. Ich sehe, wie das Maschinengewehr, das mir am nächsten ist, hin- und herschwankt. Dreißig Zentimeter über der schwarzen Erde läßt es seine Sichel wandern. Dreißig Zentimeter über der schwarzen Erde atmet nichts mehr. Und doch ist etwas in Bewegung. Man kämpft jetzt erbittert gegen ein Gespenst; man bringt es nicht fertig, es zu verscheuchen!
Greifen sie an? Alles das ist wie verhext. Durch diese Schießscharte hindurch habe ich nichts gesehen, ich schwöre es: nichts als einen Stern. Und hier jagt der MG-Schütze jetzt seine Garben hinaus. Und wenn er schießt, scheint der Stern im Wasser zu zittern. Die Nacht ist voller Zauberei; man kämpft gegen die Sterne, und der Späher dort hebt langsam den Arm und meldet, meldet ...
Und plötzlich scheint alles zugleich zu explodieren. Meine Gedanken überstürzen sich. Ich denke wie die anderen.

Ich will nicht, ich will nicht . . . Ich will nicht, daß mich die Nacht auf den Rücken wirft, nach jenem Sprung in den Graben, über mir das Gewicht des Bauchaufschlitzers. Ich will nicht zwei Schritte neben mir einen tierischen Schrei hören. Ich will nicht, daß man mich für die großen steinernen Mausoleen einsammelt. Ach, wenn ich doch nur ein Gewehr hätte! Achtung! Ich tue jedem etwas an, der weiter vorrückt! Ich verkörpere mich in diesem MG-Schützen, lasse meine Schüsse mit ihm hin- und hertanzen, als wenn ich mit dem Degen Rad schlüge: Nehmt euch in acht! Ich will nicht Menschen töten, aber die Nacht, aber den Krieg, aber den Schrecken, das bleiche Gespenst, das aus dem Alpdruck hervortritt und einen Schritt weiter vorrückt . . .
Aha! das also war eine Panik!

Von einem Leutnant begleitet, begab sich Saint-Exupéry nachts in der Umgebung von Caravancel zur vordersten Linie. Sie gingen auf einem weißen Landweg. Plötzlich sprangen sie in einen Laufgraben, nur wegen eines Luftzugs. »Das galt Madrid!« sagte der Leutnant.
Madrid schlief. Nicht ein einziges Licht, nicht ein Geräusch. Der Lärm, den die beiden nunmehr alle zwei Minuten sich fortpflanzen hören, ertrinkt jedesmal wieder in der Totenstille.

Auf einmal erscheint mir an Stelle Madrids ein Gesicht. Ein weißes Gesicht mit geschlossenen Augen. Ein hartes, verbissenes Jungmädchengesicht, das die Schläge hintereinander einsteckt, ohne darauf zu antworten. Hier ist es wieder über unserem Kopf, in den Sternen, dieses Glucksen einer entkorkten Flasche . . . Eine Sekunde, zwei Sekunden, fünf Sekunden . . . Unwillkürlich trete ich zurück, es scheint mir, daß ich diesen Stoß empfangen soll; es ist, als wenn die ganze Stadt zusammenstürzte!

Aber Madrid taucht wieder auf. Nichts ist eingestürzt, es hat keine Miene verzogen, nichts hat sich verändert: das steinerne Gesicht ist unversehrt geblieben.
Die Explosionen, die sich verzögern, – schließlich wartet man nicht mehr darauf. Wie viele Ereignisse sich doch in diesem Zeitraum zusammendrängen! Ein ungeheurer Druck steigt, steigt . . . Wenn sich dieser Dampfkessel nur entschließen könnte, in die Luft zu fliegen! Ach, es gibt Menschen, die eben gestorben sind, aber es gibt andere, die eben erlöst wurden. Achthunderttausend Einwohnern, weniger einem Dutzend Opfer, wird ein Aufschub gewährt. Zwischen dem Glucksen und der Explosion schwebten achthunderttausend in Lebensgefahr.

Saint-Exupéry hat seinen Laufgraben verlassen. Er liegt oberhalb der Böschung auf dem Bauche und blickt um sich:

Ein neues Bild löscht das andere aus. Madrid mit seinen Schornsteinen, seinen Türmchen, seinen Luken – Madrid gleicht einem Schiffe auf hoher See. Das weiße Madrid auf den schwarzen Wassern der Nacht. Eine Stadt dauert länger als die Menschen: Madrid ist mit Auswanderern beladen und setzt sie vom einen Ufer des Lebens zum anderen über. Es trägt eine Generation. Es durchschifft langsam die Jahrhunderte. Männer, Frauen und Kinder bevölkern es, von seinen Mansarden bis zu seinen Kajüten. Sie warten, ergeben oder vor Furcht schlotternd, eingeschlossen im steinernen Schiff. Man torpediert ein Schiff, das mit Frauen und Kindern besetzt ist. Man will Madrid versenken wie ein Schiff.
Ich schere mich den Teufel im Augenblick um die Spielregeln des Krieges. Um seine Rechtfertigungen und Beweggründe. Ich lausche. Ich habe gelernt, ihn von anderen Lärmen zu unterscheiden, diesen trockenen Husten der

Batterien, die auf Madrid spucken. Ich habe gelernt, den Weg abzulesen, den dieses Glucksen in den Sternen nimmt: es zieht irgendwo in der Nähe des Schützen vorüber. Ich habe gelernt, langsam fünf Sekunden zu zählen. Dann lausche ich. Ich weiß nicht, welcher Baum dem Blitz erliegt; ich weiß nicht, welche Kathedrale einstürzt; ich weiß nicht, welches arme Kind eben gestorben ist.

In der Stadt selbst habe ich heute nachmittag die Beschießung erlebt. Es hatte dieses Donnerschlags auf der *Gran Via* bedurft, um ein Menschenleben auszulöschen, ein einziges. Passanten reinigten sich vom Mauerschutt, andere liefen, eine schwache Rauchwolke verzog sich, aber der Verlobte, der wie durch ein Wunder von jeder Schramme verschont blieb, sah die »*novia*« vor seinen Füßen liegen, – die Braut, deren goldgelben Arm er noch vor einer Sekunde gedrückt hatte und die jetzt in einen Schwamm voller Blut, einen Haufen Fleisch und Wäsche verwandelt war. Er kniete nieder, ohne zu begreifen; er schüttelte leise den Kopf und schien zu sagen: »Wie seltsam ist das doch!« In diesem Gegenstand der Bewunderung, der auf solche Weise verschüttet war, erkannte er nichts vom Wesen seiner Freundin wieder. Die Verzweiflung bildete nur mit grausamer Langsamkeit in ihm ihre Grundwelle. Eine Sekunde lang noch war er vor allem verblüfft durch dieses plötzliche Verschwinden; er ließ seine Blicke umherwandern und suchte die schlanke Gestalt, als wenn wenigstens sie fortbestehen müßte.

Aber nichts war da außer einem Schmutzhaufen. Fortgewischt war der schwache Goldton, der den Menschen auszeichnet. Während sich in der Kehle des Mannes der Schrei vorbereitete, den irgend etwas noch hinauszögerte, hatte er genug Muße, um richtig zu begreifen, daß er nicht diese Lippen, sondern ihr Schmollen, und das Lächeln dieser Lippen geliebt hatte. Er liebte nicht diese Augen, sondern ihren Blick. Nicht diese Brust, sondern ihr sanftes Wogen. Er hatte Muße, um endlich die Ursache der Angst zu entdecken, die er vielleicht durch die Liebe verspürte. Jagte er nicht dem Ungreifbaren nach? Es ging nicht darum, einen Leib zu umarmen, sondern einen Flaum, einen Lichtschein, den schwerelosen Engel, der diesen Leib umhüllte ...

Ich schere mich den Teufel im Augenblick um die Spielregeln des Krieges und des Grundsatzes der Vergeltung. Wer hat angefangen? Auf eine *Frage* findet man stets eine Antwort; und der erste Mord, der allen anderen voranging, ist im Dunkel der Zeiten verborgen. Mehr denn je mißtraue ich der Logik. Wenn mir der Schulmeister beweist, daß das Feuer nicht die Haut versengt, halte ich die Hand über den Herd und erkenne ohne Logik, daß in seiner Überlegung irgendwo ein Fehler steckt.

Ich sah, wie man einem kleinen Mädchen sein Lichtkleid ausgezogen hat: Wie könnte ich an die Notwendigkeit der Vergeltung glauben?

Was den militärischen Nutzen einer solchen Beschießung angeht, so vermochte ich ihn nicht zu entdecken. Ich sah Hausfrauen mit aufgerissenem Bauch; ich sah entstellte Kinder; ich sah die alte Straßenhändlerin die Reste des Gehirns abwaschen, die ihre Schätze bespritzt hatten; ich sah, wie die Portiersfrau aus ihrer Loge herauskam und mit einem Wassereimer den Gehsteig säuberte, und habe noch nicht begriffen, was diesen bescheidenen Vorgängen der Straßenreinigung im Kriege für eine Bedeutung zukommt.

Etwa eine moralische Bedeutung? Aber eine Beschießung kehrt sich gegen das Ziel, das damit verfolgt wird. Durch jeden Kanonenschuß festigt sich etwas in Madrid. Die

Gleichgültigkeit, die hin- und herschwankte, kommt zu einem Entschluß. Ein totes Kind wiegt schwer, wenn es das deine ist. Eine Beschießung, so kam es mir vor, zersplittert nicht: sie vereinigt. Durch den Schrecken ballt man die Fäuste und findet sich im gleichen Entsetzen zusammen. Der Leutnant und ich erklimmen die Böschung. Gesicht oder Schiff – dort ist Madrid, das die Schläge einsteckt, ohne sie zu erwidern. Doch so sind die Menschen: die Prüfungen kräftigen langsam ihre Tugenden. Deshalb begeistert sich auch mein Begleiter; er denkt an diesen Willen, der sich härtet. Da steht er, die Fäuste in die Hüften gestemmt, und atmet schwer. Er beklagt nicht mehr die Frauen und Kinder ...

»Das macht jetzt sechzig ...«

Der Schlag dröhnt auf dem Amboß: Ein riesiger Schmied schmiedet Madrid.

In »Wind, Sand und Sterne« hat Saint-Exupéry das Erwachen jenes spanischen Unteroffiziers beschrieben, der als erster gegenüber einem Maschinengewehrnest die Deckung verlassen sollte, und der vor dem Angriff völlig angezogen auf einem Feldbett schlief. Hier folgt ein Auszug aus der Reportage, die ihn zu dieser Schilderung angeregt hat.

Sein ganzer Körper war mit Geräten bedeckt: mit Patronentaschen, Revolver, ledernen Hosenträgern und Koppelriemen. Er trug den Packsattel oder die Halskette – das ganze Geschirr des Arbeitspferdes. In Marokko sieht man, tief unten in den Kellern, Mühlsteine, die durch blinde Pferde gezogen werden. Auch hier, im flackernden und rötlichen Schein einer Kerze, weckte man ein blindes Pferd, damit es seinen Mühlstein ziehen sollte.

»Hallo! Unteroffizier!«

Er stieß einen schweren Seufzer aus, der wie eine Woge anbrandete, und kehrte sich uns langsam zu, wie aus einem Guß, so zeigte er uns ein verschlafenes, aber schmerzlich verzogenes Gesicht. Seine Augen waren geschlossen und seine Lippen, aus denen die Luftblase des Seufzers aufstieg, blieben halb offen, wie die Lippen eines Ertrunkenen.

Wir setzten uns auf sein Bett und nahmen, ohne ein Wort zu sprechen, an diesem mühsamen Erwachen teil, denn der Mann klammerte sich an unterseeische Tiefen, hielt sich mit den Fäusten, die er öffnete und schloß, an schwarzen Algen fest. Schließlich, nachdem er wiederum geseufzt hatte, drehte er sich nochmals um, stieß mit dem Gesicht gegen die Wand und entzog sich uns mit der Hartnäckigkeit eines Tieres, das nicht will, das nicht sterben will, und das starrköpfig dem Schlachthaus den Rücken kehrt.

»Hallo! Unteroffizier!«

Er wurde abermals aus dem Meeresgrunde zurückgerufen, kam zu uns zurück, und sein Gesicht tauchte von neuem ins Kerzenlicht. Aber diesmal hatten wir den Schläfer am Angelhaken; er konnte uns nicht mehr entgehen. Seine Lider legten sich in Falten, sein Mund bewegte sich, er strich sich mit der Hand über die Stirn, machte noch eine Anstrengung, um zu seinen glücklichen Träumen zurückzukehren; um sich unserer Welt des Dynamits, der Müdigkeit, der eisigen Finsternis zu entziehen, aber es war zu spät. Etwas erzwang sich Achtung, das von draußen kam. So weckt die Schuluhr langsam das widerstrebende Kind. Es hatte das Katheder, die schwarze Tafel, das Pensum vergessen. Es träumte von einem Ferientage und hatte seine Freude, wie die anderen, am Lachen und Spazierengehen . . . Aber die Uhr führt es unerbittlich zurück zur Ungerechtigkeit der Menschen.

Wie dieses Kind übernahm nun der Unteroffizier wieder die Verantwortung für diesen durch Erschöpfung abgenutzten Körper, diesen Körper, den er satt hatte und der, in der Kälte des Erwachens, bald die traurigen Schmerzen an den Gelenken, dann die Last des Anschirrens, dann den schwerfälligen Lauf in den Tod kennenlernen sollte: den Schmutz des Blutes, in das man die Hände taucht, um sich wieder aufzurichten, den Kleister dieses gerinnenden Sirups. Nicht so sehr den Tod, als den Leidensweg des bestraften Kindes.

Und er reckte seine Glieder, eines nach dem anderen, zog den Ellbogen an sich heran, streckte das Bein aus, behindert in den letzten Schwimmstößen des Schlafes durch die Riemen, den Revolver, die Patronentaschen, die drei Handgranaten, die an seinem Koppel hingen und auf denen er geschlafen hatte. Schließlich öffnete er langsam die Augen, richtete sich auf und sah uns an:

»Ach ja . . . Es ist Zeit.«

Er hatte bloß seinen Arm nach dem Gewehr ausgestreckt.

»Nein, der Angriff ist abgeblasen.«

Unteroffizier R., ich bezeuge, daß wir dir das Leben zum Geschenk gemacht haben. Ganz einfach das Leben. So vollständig wie zu Füßen des elektrischen Stuhls. Und Gott weiß, was man über die Rührseligkeit einer Begnadigung zu Füßen des elektrischen Stuhls für Tinte verspritzt. Nun überbringen wir dir die Begnadigung *in extremis*, da dich nach deiner Vorstellung nur noch eine dünne Wand vom Tode trennte. Jetzt verzeihe mir meine Neugier: ich habe dich angeschaut. Und ich werde niemals dein Gesicht vergessen. Ein rührendes und häßliches Gesicht, mit der etwas zu großen, höckerigen Nase, den vorspringenden Backenknochen und dem Kneifer des Intellektuellen. Wie nimmt man das Geschenk des Lebens entgegen? Ich werde es dir sagen. Man bleibt sitzen, man

zieht seinen Tabak aus der Tasche und schüttelt langsam den Kopf, während man auf den Boden blickt. Dann sagt man:
»Das ist mir ebenso recht.«
Man schüttelt wiederum den Kopf und fügt hinzu: »Hätte man uns zwei oder drei Brigaden zur Verstärkung geschickt und hätte dieser Angriff einen Sinn gehabt, dann könntest du hier eine Begeisterung erleben . . .«

Du hast ihn aus seinem Gangstein befreit, den schlafenden Herren, dem du Obdach botest: den Menschen. Du bist ebenbürtig dem Musiker, der komponiert, dem Physiker, der der Erkenntnis fortschreiten hilft, allen denen, die jene Straßen bauen, auf denen wir befreit werden. Jetzt kannst du ruhig dem Tode ins Auge sehen. Was hast du zu verlieren? Wenn du glücklich in Barcelona warst, verschleuderst du nicht dein Glück. Du hast jene Höhe erreicht, auf der alle Regungen der Liebe nur ein gemeinsames Maß haben. Solltest du leiden, solltest du allein sein, sollte dein Leib ohne Zuflucht sein, so bist du hier aufgenommen in Liebe.